KB163820

카라마조프가의 형제들 Ⅱ

일러두기

- 이 책은 Fyodor Dostoevskii, Trans. Garnett Constance, 『*The Brothers Karamazov*』(Project Gutenberg, 2009)와 프랑스어판인 Trans. Montgault Henri, Pref. Pascal Pierre, 『*Les Frères Karamazov*』(Gallimard coll. Bibliothèque de la Pléiade, 1952)를 참고했습니다.

Братья Карамазовы

카라마조프가의 형제들 Ⅱ

표도르 도스토예프스키 지음

카라마조프가의 형제들 Ⅱ 차례

제8부 예비 심문

제1장

독자 여러분도 충분히 짐작할 수 있는 일이지만 미챠가 모크로예를 향해 출발한 후 가장 바쁘게 동분서주한 사람이 있었다. 바로 미챠에게 권총을 받고 돈을 빌려주었던 표트르 일리치였다. 처음에 그는 곧장 경찰서장에게 가려 했다. 하지만 별것 아닌 일로 경찰서장을 찾아갔다가는 사람들의 웃음거리가 될지도 모를 일이었다. 그가 가장 두려워하고 있는 것이 쓸데없이 사람들의 입방아에 오르내리는 것이었다. 그는 이 일이 과연 경찰서장에게 갈 만한 일인지 아닌지 확인하기 위해 동분서주한 것이다.

그는 우선 그루셴카의 집으로 달려가 페냐를 만났다. 거기서 그는 미챠가 절굿공이를 가져갔다는 사실을 확인했고 그가 나중에 돌아왔을 때 손에서 피가 뚝뚝 떨어졌다는(물론 페냐의 과장이었다) 이야기를 들었다.

이어서 표트르는 호흘라코바 부인을 찾아갔다. 그녀가 미챠에게 3,000루블의 돈을 빌려주었는지 확인하기 위해서였다. 부인을 만난 그는 자신이 오늘 겪은 일을 모두 이야기해주었다. 그리고 미챠에게 3,000루블을 빌려주었는지 물었다. 부인은 펄쩍 뛰며 절대로 돈을 빌려준 적이 없다고 했다. 심지어 그녀는 표트르의 요구에 따라 그런 내용의 각서를 그에게 써주었다.

필요한 것을 모두 확인한 표트르는 경찰서장의 집으로 향했다. 그러나 그 집에 들어서면서 그는 어안이 벙벙해졌다. 사람들이 이미 모든 것을 알고 있음을 확인했기 때문이었다. 게다가 그가 미처 확인하지 못한 사실이 그를 기다리고 있었다. 표도르 파블로비치 노인이 이날 저녁 자기 집에서 살해되었다는 소식이었다. 사람들이 어떻게 그 모든 사실을 알게 되었을까? 그 전말은 다음과 같다.

그리고리가 담장 옆에 쓰러져 있을 때 깊은 잠에 빠져 있던 그의 아내 마르파가 갑자기 잠에서 깨어났다. 옆방에 인사불성으로 누워 있던 스메르쟈코프의 비명 소리 때문이었다. 그 비명 다음에는 늘 간질 발작이 이어졌기에 마르파는 평생 그 비명과 친해질 수 없었다. 그녀는 아직 잠이 덜 깬 상태에서 자리에서 일어나 스메르쟈코프의 방으로 갔다.

어두워서 아무것도 보이지 않았고 환자가 몸을 뒤틀며 내는 끙끙거리는 소리, 간간이 내지르는 소리만 들릴 뿐이었다. 그녀는 큰 소리로 남편을 불렀다. 순간, 그녀가 잠에서 깨어났을 때 남편이 곁에 없었던 것 같다는 생각이 그녀에게 들었다. 그녀는 다시 방으로 달려가 침대를 더듬어보았다. 정말로 남편이 없었다.

그녀는 현관 층계참으로 달려 나가 조심스럽게 "그리고리!"라고 불러보았다. 어둠의 정적 가운데 정원 쪽에서 신음 소리가 들려왔다. 그녀는 계단을 내려와 정원으로 갔다. 그러자 "마르파! 마르파!"라고 자신을 부르는 신음 섞인 소리가 또렷이 들렸다. 그녀는 소리 나는 쪽으로 달려갔고 피투성이가 되어 쓰러져 있는 남편을 발견했다. 하지만 그곳은 그리고리가 얻어맞고 쓰러진 담장 바로 밑이 아니라, 그곳으로부터 스무 걸음 정도 떨어진 곳이었다. 나중에 밝혀진 사실이지만 정신을 차린 그리고리가 몇 번씩이나 반복해서 의식을 잃고 기절하면서도 그곳까지 기어간 것이다.

마르파가 비명을 지르자 그리고리는 힘없는 목소리로 두서없이 중얼거렸다.

"죽였어……. 제 아비를 죽였어……. 바보처럼 소리는 왜 질러? 어서 가서 사람들을 불러와!"

하지만 마르파는 계속 비명만 질러대다가 주인집 창문이 열린 채 불이 밝혀져 있는 것을 발견했다. 그녀는 그쪽을 향해 달려가 창문 안을 들여다보았다. 그리고 끔찍한 광경에 다시 한 번 비명을 지를 수밖에 없었다. 주인이 마룻바닥에 널브러져 있었던 것이다. 밝은색의 잠옷과 셔츠는 온통 피범벅이었다.

공포에 사로잡힌 마르파는 정원을 가로질러 대문을 열고 이웃집으로 달려갔다. 그녀가 고함을 지르며 문을 두드리자 잠을 자고 있던 이웃집 모녀가 놀라서 문을 열어주었다. 마침 그날 밤 그 집에는 포마라는 떠돌이 사내가 묵고 있었다. 마르파는 경황 중에도 대충 상황을 설명했고, 딸을 제외한 세 명은 범죄 현장으로 달려갔다. 포마의 도움으로 두 여인은 그리고리를 집 안으로 옮길 수 있었다.

집 안의 불을 밝히고 보니 스메르자코프는 아직 발작에서 깨어나지 못한 상태였다. 그는 입에 게거품을 물고 눈이 허옇게 뒤집힌 채 몸을 뒤틀고 있었다. 마르파가 식초 탄 물로 그리고리의 머리를 적셔주자 그가 정신을 차렸다. 그리고리는 정신을 차리자마자 "나리는 어때? 정말 죽었어?"라고 물었다. 세 사람은 즉시 정원으로 달려갔다. 가서 보니 창문뿐 아니라 정원 쪽으로 난 문도 활짝 열려 있는 상태였다. 일주일 내내 주인이 꼭꼭 잠가놓고, 심지어 그리고리조차 들어오지 못하게 하던 문이었다. 두 여인과 포마는 나중에 무슨 일이 생길까 두려워 안으로 들어가지 못하고 다시 그리고리 곁으로 왔다. 그리고리는 아내에게 당장 경찰서장에게 가라고 명령했다.

마리야는 즉시 경찰서장 집으로 달려가 모든 것을 낱낱이 고했다. 표트르가 서장 집에 도착하기 5분 전의 일이었다. 서장은 검사, 예심판사에게 알려 모두 달려오게 했다. 그들이 서장 집으로 오자 모두 범죄 현장으로 달려가 수사를 시작했다.

현장을 살펴보니 표도르의 머리가 박살 나 있었다. 그렇다면 어떤 흉기를 사용한 것일까? 분명히 살인을 저지른 후 그리고리의 머리를 내리친 흉기였을 것이다. 사람들은 그리고리의 증언을 토대로 흉기를 찾을 수 있었다. 등불을 들고 담장 근처를 수색한 결과 오솔길에 버려진 놋쇠 공이를 발견한 것이다.

표도르가 쓰러져 있는 방에서는 별로 어질러진 흔적이 없었다. 다만 침대 바로 곁 마룻바닥에서 '나의 천사 그루셴카에게.

그녀가 내게 오기만 한다면'이라는 글씨가 쓰여 있는 큰 봉투를 하나 발견했을 뿐이었다.

한편 검사와 예심판사는 표트르 일리치의 증언에도 깊은 관심을 보였다. 그들은 특히 이튿날 아침 드미트리 표도로비치(미챠)가 자살하려 했다는 표트르의 말에 주목했다. 그의 말대로라면 한시라도 빨리 모크로예로 달려가 범인이 자살하기 전에 그를 체포해야 했다.

현장 수사가 끝나고 모든 것이 정리되자 모두 모크로예를 향해 출발했고 새벽 4시쯤 되어서야 그곳에 도착할 수 있었다.

다만 현장 수사에 동참했던 의사는 모크로예로 향하지 않고 그곳에 남았다는 사실을 밝혀야겠다. 그는 부검을 위해 표도르의 집에 머문 것이었지만, 그의 주된 관심은 다른 것에 있었다. 바로 스메르쟈코프의 증상이었다. 그는 모크로예로 떠나는 예심판사에게 이런 말을 했다.

"간질 발작이 이틀 동안이나 저토록 격렬하게 계속되는 것은 유례가 없는 일입니다. 충분히 연구해볼 가치가 있습니다."

이어서 그는 검사에게 아주 단호한 어조로 스메르쟈코프가 아침을 넘기지 못할 것이라고 단언했다.

제2장

미챠는 그들이 무슨 말을 하는지 알아들을 수 없다는 표정을 한 채 얼빠진 시선으로 그들을 둘러보았다. 그는 갑자기 자리에서 일어나더니 두 손을 위로 들어 올리며 외쳤다.

"저는 죄가 없습니다! 이 피에 관해서는 죄가 없습니다! 저는 아버지의 피를 흘리게 하지 않았어요! 아버지를 죽이고 싶었지만 죽이지 않았어요……! 제가 아닙니다!"

그가 채 말을 끝내기도 전에 그루셴카가 나타나 서장의 발밑에 몸을 던졌다.

"저예요! 바로 저주받은 제게 죄가 있어요!"

그녀는 팔을 뻗으며 흐느꼈다.

"저 때문에 저 사람이 그분을 죽인 거예요……! 제가 저 사람을 거기까지 밀어붙인 거예요……! 저는 그분도 괴롭혔어요……! 아, 모든 죄는 제게 있어요……!"

"그래, 바로 너야!"

서장이 그녀를 위협하듯 외쳤다.

"이 방탕한 년! 다, 네년이 지은 죄야!"

흥분한 서장을 여럿이 나서서 저지했다. 검사가 그의 팔을 잡으며 흥분해서 말했다.

"서장, 이러면 안 됩니다. 심문을 방해하고 있어요……. 당신이 일을 망치고 있단 말입니다."

그러자 예심판사도 흥분해서 말했다.

"정해진 법을 따라야 해요! 절차를 지켜야 한다고요! 이러면 안 된다고요!"

"우리를 함께 심판해주세요."

그루셴카는 여전히 무릎을 꿇은 채 절규하고 있었다.

"우리를 함께 벌해주세요. 사형장에까지라도 기꺼이 함께 가겠어요!"

"오, 그루샤! 내 생명! 내 피! 나의 성녀여!"

미챠는 그녀 옆에 무릎을 꿇으면서 그녀를 껴안았다.

"이 사람 말을 믿지 마세요! 그녀는 결백해요! 정말 결백하다고요!"

사람들이 미챠를 떼어내어 탁자 앞으로 끌고 가서 앉혔다. 그를 마주 보고 예심판사인 니콜라이 파르페노비치가 앉아 있었다. 젊은 사내였다. 그는 아주 정중한 태도로 미챠에게 물을 마시라고 계속 권했다. 무엇 때문인지 모르겠지만 미챠는 물보다는 예심판사가 손가락에 끼고 있는 커다란 반지들에 더 눈길이 갔다.

그의 옆에는 검사가 앉아 있었고 미챠 옆에는 서기로 보이는 젊은이가 종이와 펜을 챙겨놓고 앉아 있었다. 경찰 서장은 창가 의자에 앉아 있는 칼가노프 옆에 서 있었다.

예심판사가 미챠에게 물었다.

"그러니까 당신은 당신 아버지인 표도르 파블로비치의 죽음에 대해서는 결백하다 이거지요?"

"결백하고말고요! 다른 노인의 피를 흘리게 한 것에 대해서는 죄가 있을지 몰라도 아버지는 아닙니다. 그 노인은 제가 죽였어요. 하지만 제가 피를 흘리게 하지 않은 사람에 대해 죄를 묻다니 끔찍한 일입니다. 그런데 누가 아버지를 죽인 걸까요! 제가 아니라면 도대체 누가 아버지를 죽일 수 있었을까요? 그건 놀라운 일입니다! 터무니없을뿐더러 도무지 있을 수 없는 일입니다!"

"바로 그겁니다. 과연 누가 죽였을까요?"

예심판사가 말했다.

그러자 검사인 이폴리트 키릴로비치가 예심판사에게 눈짓을 하더니 미챠에게 말했다.

"하인 그리고리에 대해서는 공연한 걱정을 하고 있군요. 그는 살아 있습니다. 의사 말로는 곧 회복될 거랍니다."

"살아 있다고요! 그 노인이 살아 있다고요!"

미챠의 얼굴이 환하게 밝아졌다.

"오, 주여! 이 죄인에게, 이 비참한 놈에게 은총의 기적을 내려주시다니, 감사합니다! 오, 제 기도를 들어주셨군요! 밤새 기도를 했더니 들어주셨군요!"

그는 거의 숨을 헐떡이며 성호를 세 번 그었다.

검사가 말을 이었다.

"바로 그 그리고리가 당신에 대해 아주 중요한 진술을……."

하지만 미챠가 그의 말을 끊고 자리에서 벌떡 일어났다.

"잠깐만! 제게 잠깐만 시간을 주십시오! 그녀를 좀 봐야겠습니다……."

그러자 예심판사 니콜라이 파르페노비치가 역시 자리에서

벌떡 일어나며 외쳤다.

"잠깐! 절대로 안 됩니다! 지금 이 상황에서는!"

"유감이로군! 나를 그토록 괴롭히던 피가 씻겼다, 나는 살인자가 아니다, 라고 알려주고 싶을 뿐인데! 여러분! 그녀는 저의 약혼녀란 말입니다."

그는 경건한 표정으로 사람들을 둘러보며 말했다.

"오, 여러분, 감사합니다! 여러분은 저를 소생시켰습니다. 그 노인은 제가 어릴 때 저를 품에 안아준 사람이고, 목욕도 시켜준 사람입니다. 제가 모두에게 버림받았을 때 말입니다! 그는 아버지와 다름없는 사람입니다!"

그는 한순간에 사람이 변한 것 같았다. 그는 맑고 평온한 시선으로 사람들을 둘러보았다. 마치 친한 친구들과 함께 있는 것 같았다.

"당신은 아주 노련한 예심판사인 것 같군요."

그는 니콜라이를 바라보며 쾌활하게 말했다.

"자, 이제 제가 당신을 돕겠습니다. 오, 여러분, 저는 부활했습니다. 제가 이렇게 소탈하게 군다고 저를 나무라지 말아주십시오. 게다가 제가 지금 조금 취한 상태라서…… 어쨌든 그리고리가 증언을 했다면 제게 무서운 혐의가 걸려 있겠군요…….

아주 끔찍한 혐의가……. 자, 여러분, 저는 준비가 되어 있습니다. 후다닥 끝내기로 하지요. 저는 무죄고 금세 그걸 증명할 수 있을 겁니다."

"그럼 우선 당신이 혐의를 완강하게 부인한다고 기록하겠습니다. 자, 그대로 기록하게."

예심판사가 서기에게 말했다.

"기록이요? 그걸 기록한다고요? 좋습니다. 동의합니다. 전적으로 동의합니다. 여러분…… 다만…… 잠깐…… 이렇게 기록하십시오. '소란을 부린 건 유죄다. 불쌍한 노인을 가격한 것은 유죄다. 또한 마음속으로는 죄가 있다고 느끼고 있다.' 하지만 마지막 말은 기록할 필요가 없겠군요. 제 사생활이고 여러분과는 상관없는 일이니까요. '제 늙은 아버지 살해에 대해서는 무죄다'라고 기록하십시오. 제가 증명해 보이겠습니다. 곧바로 여러분을 납득시키겠습니다. 여러분은 아마 어떻게 저를 의심할 수 있었는지 스스로를 비웃으실 겁니다."

"자, 진정하시죠."

예심판사가 말했다.

"심문을 시작하기에 앞서 당신이 아버지와 사이가 안 좋았으며 불화가 있었다는 사실을 인정해주면 좋겠군요. 조금 전에 당신은 '아버지를 죽이고 싶었지만 죽이지 않았어요'라고 말했지요?"

"제가 그런 말을 했습니까? 아마 그랬겠지요. 그래요. 수도 없이 여러 번 죽이고 싶었습니다. 불행히도!"

"죽이고 싶었다? 그렇다면 무슨 이유로 부친을 그토록 증오하게 됐는지 설명해주실 수 있겠습니까?"

"대체 무슨 설명을 원하는 거지요?"

미챠가 어깨를 으쓱하며 말했다.

"제가 속마음을 감추지 않았기에 온 마을이 다 알고 있는 건데……. 증인이 족히 1,000명은 될 겁니다. 한 달 내내 떠들고 다녔으니……. 하지만 그건 제 감정일 뿐이고, 여러분에게 제 감정을 심문할 권리는 없습니다. 어쨌든 여러분이 제게 혐의를 두는 게 절대로 무리가 아니라고 생각합니다. 나는 아버지를 죽이겠다고 맹세했다, 그런데 아버지가 죽었다! 그러니 제가 아니면 누가 아버지를 죽였겠습니까? 제가 그렇게 떠들고 다녔고, 실제로 아버지가 살해되었으니, 당연히 저를 범인으로 생각하겠지요. 무리가 아닙니다. 아, 아, 정말 미안합니다. 사실은 저도 무척이나 놀라고 있습니다. 내가 아니라면 도대체 누가 아버지를 죽였단 말인가! 내가 아니면 대체 누구란 말인가! 도대체 누가? 여러분, 저도 정말 알고 싶습니다. 여러분, 아버지가 어디서 어떻게 살해되었는지 말씀해주실 수 있겠습니까?"

그는 천천히 예심판사와 검사를 둘러보았다.

"그분 집 마룻바닥에 머리가 깨진 채 나자빠져 있었습니다."

검사가 대답했다.

"오, 끔찍해라!"

미챠가 몸을 부르르 떨었다.

"자, 계속합시다."

예심판사가 말했다.

"대체 아버지를 왜 그렇게 증오하게 된 겁니까? 사람들 말로는 당신이 질투 때문에 아버지를 증오한다고 공공연히 떠들고 다녔다던데……."

"그래요! 질투지요. 하지만 다른 문제도 있습니다."

"금전 문제인가요?"

"뭐, 그렇기도 하지요."

"아마 당신 어머니가 물려준 유산 중 3,000루블을 아버지가 주지 않았기 때문이겠지요."

"뭐요? 3,000루블? 6,000루블 이상, 어쩌면 1만 루블 이상인지도 모릅니다! 그래서 아버지가 그루센카에게 주려고 베개 밑에 감춰둔 3,000루블을 내 돈이라고 생각한 겁니다. 그래요, 여러분, 분명히 제 재산이지요……."

검사와 예심판사는 의미심장한 눈길을 주고받았다.

"그 문제는 나중에 논하기로 하고 '봉투에 감춰둔 3,000루블을 내 돈으로 생각했다'라고 기록해도 되겠지요?"

예심판사가 말했다.

"그렇게 하시지요. 제게는 불리하겠지만 상관없어요. 저는 제 자신을 고발하고 있는 거니까. 한데 여러분은 저에 대해 오해를 하고 있는 것 같군요. 저를 실제와는 전혀 다른 사람으로 보고 있는 것 같아요."

그가 갑자기 우울한 어조로 말했다.

"저는 여러분에게 정직하게, 고결하게 이야기하고 있는 겁니다. 비록 수많은 비열한 짓을 저질렀지만 여전히 고결한 존재로서, 그러니까 내부에서는…… 저 안 깊숙한 곳에서는…… 그러니까…… 한마디로…… 어떻게 표현해야 할지 모르겠지만…… 저는 평생 동안 그 고결함을 갈구해왔습니다. 저는 그 이상(理想)을 찾아 헤매는 순교자였다 이 말입니다. 저는 디오게네스의 등불을 들고 고결함을 찾아 헤매면서 비열한 짓만 저질렀다 이겁니다. 여러분, 우리 모두 똑같지요. 아닙니다…….

제가 틀렸습니다……. 그런 자는 저밖에 없지요……! 아, 여러분, 머리가 아픕니다……. 저는 아버지 생김새가 혐오스러워서…… 뭔가 추잡하고 수치스럽고…… 모든 걸 더럽히고…… 영원한 악당이고…… 냉소적이고…… 혐오스럽고……! 하지만 이제 죽었으니 생각이 달라지는군요."

"달라지다니요?"

"뭐, 딱히 달라졌다기보다는…… 아버지를 증오했던 게 후회된달까……."

"가책을 느끼는 겁니까?"

"아니, 가책이라기보다는…… 이런 건 기록하지 마십시오. 저도 뭐, 그렇게 잘나지 못한 주제에 아버지가 못생기고 못돼먹었다고 원망할 건 없지 않았나 하는 생각이…… 필요하다면 이런 건 기록하십시오."

그 말을 하면서 그는 갑자기 침울해져서 슬픈 표정이 되었다. 그 순간 한바탕 소동이 벌어졌다. 미챠가 심문을 받는 방에서 그다지 멀리 떨어지지 않은 곳에 있던 그루셴카가 그 방으로 뛰어 들어온 것이다. 그녀는 곧장 미챠에게 달려갔다. 창졸간에 벌어진 일이라 아무도 저지하지 못했다. 미챠도 그녀를 맞으러 쏜살같이 달려갔다. 하지만 서너 명의 장정이 그를 저지했고 그루센카도 사람들에게 붙들려서 끌려나갔다.

미챠가 고함을 질렀다.

"아니, 그녀에게 무슨 짓을 하려는 겁니까? 그녀는 결백하단 말입니다. 자, 이제 제 영혼을 모두 열어 보일 테니 빨리 끝냅시다. 오, 그녀는 제게 빛이며 성녀인 것을 여러분이 어찌 알 수 있을까요! 자, 이제 이 몸은 여러분의 것입니다. 자, 어서 본론으로 들어갑시다. 이제 더 이상 제 생각이니, 마음이니 하는 문제로 저를 괴롭히지 마시고 곧장 사실로 들어갑시다."

제3장

"그렇게 말씀해주시니 일이 한결 쉬워졌습니다."

예심판사 니콜라이가 흡족한 표정으로 말했다.

"이런 일에 있어서는 무엇보다 상호 신뢰가 중요하지요. 당신은 당신대로 최선을 다하고 우리는 우리대로 최선을 다하기로 하지요."

"그러면 그간 벌어진 모든 일을 단숨에 말씀드리겠습니다. 쓸데없이 도중에 끼어들지만 말아주십시오."

미챠가 열을 내어 말했다.

"좋습니다. 하지만 그 전에 한 가지만 확인하기로 하지요. 당신은 어제 오후 5시경 분명 표트르 일리치 페르호친 씨에게 당신의 권총을 맡기고 10루블을 받아 갔지요?"

"그렇습니다."

"그렇다면 당신이 어제 아침부터 무슨 일을 했는지 말씀해주실 수 있겠습니까?"

"진작 그렇게 물어보시지 않고……. 그저께 한 일부터 말씀드릴까요? 그저께 아침에 저는 삼소노프 노인을 찾아갔습니다. 아주 믿을 만한 물건을 담보로 3,000루블을 빌리러 갔었습니다. 그 돈이 꼭 필요해서였습니다."

"미안합니다만……."

검사가 정중하게 말을 끊었다.

"왜 그렇게 급히 3,000루블이라는 돈이 필요했던 거지요?"

"아, 제발! 그런 시시콜콜한 질문은! 물론 제 처지는 알고 있습니다. 그 노인에게 폭행을 가했으니 벌을 받겠지요. 어떤 판결을 내릴지는 모르겠지만 반년 혹은 1년 정도 교도소에 처박아두겠지요. 그러니 제가 제멋대로 여러분과 농담할 처지가 아니라는 건 압니다. 하지만 언제, 어디서, 왜, 이렇게 자꾸 물으시면 책 세 권을 써도 모자랄 겁니다. 그러니 제발 자질구레한 것들은 집어치웁시다."

"잘 알았습니다. 하지만 제가 한 질문은 결코 자질구레한 게 아닙니다. 다시 묻지요. 왜 정확히 3,000루블의 돈이 필요했습니까?"

"뭐, 이런저런 일로 필요해서…… 빚을 갚으려고 했다고 해 두지요."

"누구 빚을 갚으려 한 거지요?"

"그건 절대로 말할 수 없습니다. 그건 제 사생활에 속하고 제 사생활은 아무도 건드리지 못하게 하는 게 제 원칙입니다. 당신 질문은 이 일과 무관합니다. 빚을, 명예의 빚을 갚으려 한 겁니다. 하지만 상대방이 누구인지는 말하지 않겠습니다."

"그건 기록해도 되겠지요?"

"마음대로 하시지요. 죽어도 말하지 않겠다고 쓰시지요. 그걸 말하는 건 상스러운 짓이라서 말하지 않겠다고 쓰세요. 그런 걸 다 적다니, 정말 시간이 남아도는군요!"

"어쨌든 당신에게는 진술을 거부할 권리가 있으니 넘어갑시다. 자, 계속하시지요."

미챠는 삼소노프를 찾아갔던 일 등을 자세히 진술하기 시작했으며 호흘라코바 부인을 찾아갔던 일도 이야기했다. 그의 이야기는 삼소노프 노인 집에 그루셴카를 내려놓은 일, 그녀가 그 집에 자정까지 있으리라 믿었지만 그녀가 곧바로 빠져나온 것을 알게 되었다는 데까지 이르렀다. 그는 "그때 내가 페냐를 죽이지 않은 건, 오로지 그럴 시간이 없었기 때문입니다"라고 말했고 그 진술도 그대로 기록되었다.

이윽고 그가 아버지의 집으로 달려갔다는 진술을 하려 할 때였다. 예심판사가 갑자기 그를 저지하더니 옆 소파에 놓아두었던 커다란 서류 가방을 열었다.

"이 물건을 알아보겠습니까?"

그는 놋쇠 공이를 꺼내 미챠에게 보여주며 물었다.

"그럼요. 어디 한번 보여주시지요. 에이, 그럴 필요 없어요."

"당신이 그 이야기를 빼놓아서……."

"젠장! 그 사실을 숨기려 한 게 아닙니다! 그 생각을 못 했을 뿐입니다."

"그럼 어떻게 이 물건을 챙기게 됐는지 말해주시지요."

"그러지요."

이어서 그는 공이를 집어 들고 달려간 부분을 이야기했다.

"무슨 의도로 그걸 집은 거지요?"

"무슨 의도요? 아무런 의도도 없었습니다. 그냥 눈에 보이기에 집어 들고 달려간 거지요."

"아니, 아무런 의도도 없이 이런 걸 챙겼단 말입니까?"

미챠는 화가 나기 시작했다. 그는 젊은 예심판사를 똑바로 쳐다보았다. 이런 놈들 앞에서 속사정을 다 털어놓는 게 부끄러웠다.

"그깟 공이 따위가 무슨 문제라는 거요! 쳇!"

그가 갑자기 소리쳤다.

"어디 마음대로 기록해보시지. '얼른 달려가 아버지 표도르 파블로비치의…… 머리통을 까부수기 위해 공이를 집어 들었다'라고. 여러분 이제 만족하십니까?"

그는 자못 도전적인 자세로 그들을 노려보았다.

"아니, 그렇게 화를 내시는 것도 이해가 되지만 사뭇 중요한 문제라서……."

검사가 그에게 냉랭하게 말했다.

"몇 번을 말해야 알겠소? 그냥 손에 잡히는 게 있어서 잡은 건데……. 왜 그걸 잡았는지 나도 모를 판인데 뭘 이야기하라는 거요. 그런 식이라면 더 이상 이야기하지 않겠소."

그는 탁자 위에 팔꿈치를 세우고 한 손으로 머리를 괴었다. 정말로 이대로 형장으로 끌려갈지언정 한 마디도 더 하고 싶지 않은 심정이었다. 하지만 그는 곧 마음을 진정시키고 말했다.

"어디, 계속할까요?"

"물론이지요."

예심판사가 짧게 대답했다.

미챠는 화가 덜 풀린 채 이야기를 계속했다. 하지만 그 어떤 작은 일도 빼놓지 않으려 애를 쓰는 기색이 역력했다.

그는 정원 담을 넘어 아버지 집으로 들어간 일부터 창문에서 아버지의 얼굴을 보고 증오심이 끓어올라 공이를 꺼냈다는 사실까지 하나도 빼놓지 않고 말했다.

"그래서 흉기를 꺼낸 다음, 어떻게 했습니까?"

예심판사가 물었다.

"그리고…… 그다음에는 아버지를 죽였다……. 공이로 아버지 머리를 내리쳐서 죽였다. 뭐, 이게 당신들이 듣고 싶은 이야기 아닌가요?"

"우리 생각이야 그렇지요. 하지만 당신은?"

예심판사가 말했다.

"어머니가 하느님께 기도를 드렸던 덕분일까요? 아니면 착한 정령이 지나가면서 제 이마에 입을 맞춘 덕분일까요? 어쨌든 악마가 패배했습니다. 저는 창문에서 물러나 담장을 향해 달려갔으니까요. 바로 그때 아버지가 저를 알아보았습니다. 겁을 먹고 창문에서 물러나더군요……. 담장으로 달려가면서 아버지를 볼 수 있었습니다. 그리고 담장에 기어오르다가 그리고리가 제 발목을 잡았고……. 왜 어이가 없는 표정이지요? 절 비웃는군요. '아버지를 죽이려고 거기까지 갔다가 그냥 도망쳤다.' 정신이 똑바로 박힌 사람이라면 아무도 믿지 않을 이야기이겠군요."

그러자 검사가 자못 진지한 표정으로 물었다.

"그렇다면 담을 향해 달릴 때 정원으로 통하는 문이 열렸는지 닫혔는지 보지 못했나요?"

"열려 있지 않았습니다."

"그래요?"

"네, 닫혀 있었단 말입니다. 누가 열 수 있었겠어요. 가만, 문이라? 그러니까……."

미챠가 갑자기 몸을 부르르 떨었다.

"당신들이 갔을 때는 열려 있었다, 이거로군요."

"그렇습니다. 문은 열려 있었고 당신 부친 살해범은 분명 그 문으로 들어왔다가 그 문으로 나갔습니다."

검사가 말 한 마디, 한 마디에 힘을 주며 또박또박 말했다.

"그건 너무 분명한 사실입니다. 살인은 창문 너머가 아니라 방 안에서 저질러진 것입니다. 우리가 현장 조사를 통해 확실히 밝혀냈습니다."

미챠는 아연해했다.

"여러분, 그건 불가능합니다! 저는 들어가지 않았고…… 제가 정원을 달려갈 때도 분명 그 문은 닫혀 있었다고 말했지요? 저는 그저 창문을 통해 아버지를 보았을 뿐이고…… 모든 게 또렷이 기억납니다. 절대로 열려 있을 리 없습니다. 그 신호를 아는 건 아버지와 저 그리고 스메르쟈코프뿐이니까, 아버지가 문을 열어주었을 리 없습니다."

"신호라고요? 무슨 신호 말씀입니까?"

검사가 냉정을 잃고 호기심에 찬 눈길로 호들갑스럽게 물었다. 그의 근엄하던 자세가 단번에 흐트러질 정도였다.

"아, 모르시는군요."

미챠가 비아냥거리는 듯한 미소를 띠고 말했다.

"제가 대답을 거부하면 어떻게 될까요? 돌아가신 아버지와 저 그리고 스메르쟈코프와 하느님만 알고 있는 사실이니……. 하지만 걱정 마십시오. 다 털어놓을 테니……. 저는 스스로에게 불리한 진술을 하는 자올시다. 저는 명예를 중히 여기는 기사이니……. 여러분과는 다르지요."

이어서 그는 그 신호에 대해 아주 상세하게 설명해주었다.

“그렇다면 당신과 고인 그리고 하인 스메르쟈코프만 그 신호를 알고 있단 말입니까?”

예심판사가 확인하듯 말했다.

“예, 그리고 하느님도. 하느님도 꼭 기록해요. 분명 도움이 될 테니…….”

“그렇다면, 당신이 결백하다고 주장하고 있으니 창문이나 문을 열라고 신호를 줄 수 있는 사람은 스메르쟈코프뿐이겠군요. 그가 고인을 해친 것일 수도 있겠군요.”

미챠는 한심하다는 눈초리로 검사를 쳐다보았다.

“덫에 여우 한 마리가 또 걸려들었군! 문밖으로 빠져나가려는 여우 꼬리를 잡으셨군! 검사, 당신 수작이 훤히 보여! 내가 벌떡 일어나 목청껏 외칠 줄 알았지? ‘그래, 스메르쟈코프가 한 짓입니다! 그놈이 살인자입니다.’ 어때? 고백해보시지. 솔직히 고백하면 내 이야기를 계속하지.”

하지만 검사는 자인하지 않았다. 말없이 잠시 동안 기다릴 뿐이었다.

“사람 잘못 봤습니다. 저는 ‘스메르쟈코프다!’라고 외치진 않을 테니.”

미챠가 말했다. 그러자 검사가 입을 열었다.

"그렇다면 스메르쟈코프를 의심하지 않는다는 말입니까?"

"그럼 검사님은 그를 의심합니까?"

"우리는 그에게도 혐의를 두고 있습니다."

미챠는 눈을 내리깔았다.

"자, 진지하게 말해봅시다. 저는 이 방에 들어오면서 줄곧 스메르쟈코프가 머리에서 떠나지 않았습니다. 제가 결백하니까 자연 스메르쟈코프 생각이 떠오는 거지요. 하지만 지금 스메르쟈코프 짓이다, 라고 생각하는 바로 이 순간 동시에 '아니다, 이건 스메르쟈코프 짓이 아니다'라는 생각이 떠올랐습니다. 이건 그가 한 짓이 아닙니다."

"아니, 어떻게 그렇게 확실하게 단언할 수 있지요?"

"신념입니다. 제 감정이고요. 스메르쟈코프는 비열하고 비겁한 놈입니다. 비겁하다는 표현도 대접을 해준 거고…… 아예 비겁 덩어리입니다. 온 세상 비겁이 다 그놈 두 발 위에 쌓여 있습니다. 그놈은 암탉의 몸에서 태어난 놈입니다. 제 앞에서 말을 할 때마다 제가 놈을 죽이지나 않을까 벌벌 떠는 놈입니다. 자기를 겁주지 말라며 제 발밑에 엎드려 울면서 신발에 입을 맞추는 놈입니다. 그놈은 무슨 성깔을 가진 자가 아닙니다. 그래요! 스메르쟈코프는 아닙니다. 게다가 놈은 돈을 좋아하지도 않아요. 제가 선물로 줘도 받지 않는 놈입니다. 게다가 놈이 노인을 죽일 리가 없어요. 노인의 사생아인지도 모르는데…… 그 사실을 알고 계십니까?"

"그런 전설을 우리도 들었습니다. 하지만 당신도 표도르 파블로비치의 아들 아닙니까? 그러면서도 그를 죽이고 싶다고 당신 입으로 말하지 않았습니까?"

"어이쿠, 생사람 잡으시는군. 제가 아버지를 죽였다면 그런 생각을 했다고 순순히 고백했을까요? 저는 죽이지 않았습니다. 죽이지 않았다고요! 검사님, 듣고 있습니까? 저는 죽이지 않았어요!"

그는 거의 숨이 넘어갈 지경이었다. 그는 숨을 고르고 검사에게 물었다.

"스메르자코프가 뭐라고 하던가요? 제가 이런 질문을 할 수는 있는 겁니까?"

"얼마든지. 우리는 당신 질문에 만족스러운 대답을 할 의무가 있습니다. 우리가 그를 발견했을 때 그는 의식불명 상태로 침대에 누워 있었습니다. 그를 진찰한 의사는 그가 오늘을 넘기기 어려울 거라고 하더군요."

"그렇다면, 아버지를 죽인 건 악마 짓이로군!"

"일단 그 이야기는 나중에 하지요. 자, 진술을 계속하시겠습니까?"

그는 진술을 계속했다. 하지만 너무 힘들었다. 검사와 예심판사가 사소한 문제를 갖고 자주 끼어들었기 때문이었다.

이윽고 미챠는 자신이 자살을 결심했다는 이야기를 하기에 이르렀다.

"모든 것이 끝장났다는 것을 알고 자살을 하려 했지요."

"그런데 한판 잔치를 벌였단 말입니까?"

"물론 한판 벌였지요. 에이, 그런 건 왜 묻는 거지요? 제가 자살을 하려 했다는 사실만 기록하면 되는 거지. 자, 여기 유서도 있습니다."

그는 호주머니에서 유서를 꺼내어 그들을 향해 집어 던졌다. 예심판사는 호기심 어린 눈으로 유서를 읽어본 후 관련 서류에 첨부했다. 그런 후 그가 작심한 듯 말했다.

"한 가지 묻겠습니다. 당신은 왜 손에 묻은 피를 씻을 생각을 안 한 거지요? 혐의를 받을 걱정을 안 했단 말입니까?"

"무슨 혐의요? 누가 의심하건 말건 아무 상관 없었어요. 새벽 5시면 자살할 건데, 그런 게 뭐, 신경 쓸 일이나 되나요? 게다가 아버지만 죽지 않았더라도 당신들은 지금 여기 없을 거 아니요? 이 모든 짓에 악마가 끼어든 게 분명해. 악마가 아버지를 죽이고 당신들을 재빨리 이리로 데려온 거야. 도대체 악마의 도움이 아니라면 당신들이 어떻게 이렇게 빨리 이곳에 올 수 있었지!"

이번에는 검사가 나섰다.

"당신에게 10루블을 빌려주었던 페르호친 씨의 말에 따르면, 그 집에 들어설 때, 당신은 손에…… 피투성이가 된 손에…… 100루블짜리 다발을 들고 있었다고 하던데……. 그의 시중을 드는 소년도 보았다고 했고……."

"사실입니다. 그랬지요."

"그럼 자연스럽게 묻겠습니다. 그런 거금이 갑자기 어디서 생긴 거지요? 같은 날 5시만 해도……."

"그래요. 권총을 저당 잡히고 10루블을 빌렸고, 호흘라코바 부인에게 3,000루블을 빌리려고 갔다가 거절당했고 등등……. 뭐, 그런 이야기를 하려는 거겠지요? 그렇게 돈이 궁했는데 어디서 돈이 났느냐, 이 말이지요? 하지만 절대로 말하지 않겠습니다."

미챠는 단단히 마음먹은 듯, 한 마디 한 마디에 힘을 주었다.

"하지만 드미트리 표도로비치 씨, 우리는 그걸 꼭 알아야겠습니다."

예심판사가 아주 부드럽게 말했다.

"이 일이 중요하다는 건 알고 있지만 절대로 말하지 않겠습니다."

미챠가 재차 대답했다.

"당신에게 묵비권이 있으니 할 수 없지요. 아마 당신에게 크게 불리할 겁니다. 자, 그 돈이 어디서 났는지 말할 수 없다면, 왜 그 사실을 말할 수 없는지 말해줄 수는 없습니까?"

예심판사가 다시 부드럽게 말했다.

"여러분, 나는 여러분이 생각하는 것보다 훨씬 선량한 사람입니다. 여러분이 그걸 알 만한 자격이 있는 사람들인지는 모르겠지만 동기를 말씀드리지요. 제가 입을 다물고 있는 건, 그 말을 하는 게 치욕이기 때문입니다. 제가 그 돈을 어디서 구했느냐? 그 질문 속에는 살인이나 강도질보다 더한 치욕이 담겨 있기 때문입니다. 그 때문에 말을 할 수 없는 겁니다. 뭐야! 이것도 기록하는 겁니까?"

"예, 기록할 겁니다."

예심판사가 약간은 당혹해하면서 말했다.

"체, 기록하든지 말든지! 좋아요, 뭐든 쓰십시오. 원한다면 뭐든지!"

"그렇다면 그 치욕이 어떤 종류의 치욕인지 말씀해주실 수 있습니까?"

예심판사가 일종의 수줍음을 보이며 말했다. 검사는 예심판사의 태도가 못마땅한 듯 오만상을 찌푸렸다.

"절대 안 됩니다! 그 이야긴 좀 쳤습니다. 자, 됐습니다. 이제 그만하겠습니다."

미챠가 단호하게 선언했다.

"그럼 최소한 이것만이라도 알려주시지요. 페르호친 씨 집에 들어설 때 손에 들고 있던 돈의 액수가 얼마였습니까?"

예심판사의 말이었다.

"그것도 말할 수 없습니다."

"좋습니다. 나중에 이 모든 것을 검증할 겁니다. 이제 이 예비 심문을 종결짓도록 하겠습니다. 자, 마지막으로 당신이 가지고 있는 모든 물건, 무엇보다 돈을 전부 여기 탁자 위에 올려놔 주십시오."

"돈이라고요? 진작 말씀하시지. 자, 여기 있습니다."

그는 주머니에 들어 있는 돈을 모두 꺼내놓았다. 돈을 세어 보니 모두 836루블 40코페이카였다.

"이게 전부입니까?"

"전부입니다."

예심판사는 재빨리 미챠가 지금까지 쓴 돈을 계산했다.

"셈을 맞춰 보니 당신이 애당초 갖고 있던 돈은 대충 1,500루블 정도 되겠군요."

"그런가보지요."

"그럼 당신이나 남들 모두 왜 그보다 훨씬 더 많은 액수를 가지고 있었다고 주장하는 거지요? 어쨌든 나중에 다 검증할 겁니다."

예심판사는 자리에서 일어나며 말했다.

"마지막으로 옷을 모두 벗어주시기 바랍니다. 모든 것을 정확히 검사할 필요가 있어서입니다."

"뭐라고요? 좋아요. 벗지요. 하지만 제발 저 커튼 뒤에서 벗게 해주십시오."

제4장

미챠로서는 정말 예기치 못한 일이 벌어진 셈이었다. 그는 조금 전까지만 하더라도 자기를, 이 드미트리 카라마조프를 그런 식으로 취급할 수 있으리라고는 상상도 하지 못했다. 그들은 그에게 겉옷만이 아니라 속옷까지 홀랑 벗게 했다. 부탁이 아니라 명령이었다. 미챠는 말대꾸 한 마디 하지 않고 순순히 복종했다. 자존심과 혐오감 때문이었다.

그들은 옷을 샅샅이 조사했다. 그들은 무엇보다 소맷부리에 묻어 있는 핏자국에 주목했으며 혹시 어디 돈을 숨기지나 않았는지 솔기까지 조심스레 살펴보았다. 미챠는, 남들은 모두 옷을 입고 있는데 자신만 이렇게 벗고 있자니 이상하게도 자신이 꼭 죄인인 양 여겨졌다. 무엇보다 자신이 그들보다 열등한 인간처럼 여겨졌고 그들이 자신을 경멸하는 게 자연스러운 일처럼 여겨졌다.

모든 것을 조사하고 목록을 일일이 기록한 후 예심판사는 옷들을 모두 갖고 밖으로 나갔다. 미챠는 담요로 몸을 감싼 채 분노에 휩싸여 앉아 있었다. 잠시 후 예심판사가 손에 옷가지들을 들고 나타났다. 미챠의 옷들이 아니라 낯선 옷들이었다.

"다행히도 칼가노프 씨가 트렁크 안에 여분의 옷들을 가지고 있었습니다. 당신에게 흔쾌히 기증했습니다. 속옷과 양말은 당신 것을 그대로 쓰셔도 좋습니다."

"다른 사람 옷은 싫소! 옷을 돌려주시오!"

미챠가 화난 목소리로 말했다.

"그건 안 됩니다."

"내 옷을 달란 말이오! 내 옷을! 칼가노프건, 그 옷이건 다 지옥에나 가라!"

검사와 예심판사는 피범벅이 된 그의 옷은 물증이라서 절대로 돌려줄 수 없다고 한참 동안 그를 설득했다. 미챠도 할 수 없이 승복하고 칼가노프의 옷을 입을 수밖에 없었다. 옷을 다 입은 후 그가 검사에게 물었다.

"자, 이제 옷을 입었으니 어떻게 할까요? 그냥 여기 앉아 있을까요?"

예심판사와 검사는 그에게 옆방으로 가자고 했고 그는 순순히 따랐다. 그는 의자에 앉은 후 거의 이를 갈다시피 하며 검사에게 말했다.

"이제 채찍으로라도 후려칠 참이오? 더 이상 남은 게 없을 것 같은데."

"자, 이제부터 증인신문으로 넘어가야 할 순서입니다."

검사 대신 예심판사가 대답했다.

"우리는 당신의 편의를 봐드리며 당신과 할 일은 다 했습니다. 하지만 당신이 돈의 출처에 대해서는 완강히 함구하고 있기에, 우리로서는……."

"그런데 그 반지 뭐로 만든 겁니까?"

미챠는 니콜라이가 손가락에 끼고 있는 반지 중 하나를 가리키며 갑자기 물었다.

"제 반지요?"

"예, 그 가운뎃손가락에 낀 반지 말입니다. 한가운데 가느다란 줄이 있는 것 말입니다. 그게 뭡니까?"

미챠는 마치 어린애가 떼를 쓰듯 캐물었다.

"아, 이건 스모키 토파즈입니다."

니콜라이가 웃으며 말했다.

"어디, 한번 끼워보시렵니까?"

"아니, 아니, 그럴 필요 없어요! 젠장!"

니콜라이는 갑자기 정신이 난 듯 화를 내며 말했다.

"여러분은 제 영혼을 찢어놓았어요! 아니, 당신들은 제가 정말 아버지를 죽이고서 이래저래 꽁무니를 뺄 사람으로 보인다는 겁니까? 제가 거짓말을 해요? 천만에! 드미트리 표도로비치는 그런 인간이 아닙니다! 제가 만일 죄를 저질렀다면 당신들이 이곳에 오기 전에, 동도 트기 전에 자살을 해버렸을 겁니다. 전 지금 그걸 분명히 느끼고 있어요! 이 밤, 이 저주받은 더러운 하룻밤 만에 20년이 걸려도 경험하지 못할 일들을 경험했으니까요. 제가 정말 아버지를 죽였다면 이렇게 당신들과 마주 앉아 이런 이야기를 하고 있을 것 같습니까? 그리고리가 죽었다는 생각만으로도 밤새 얼마나 힘들었는데……. 절대로 겁이 났던 게 아닙니다. 제가 무서워한 것은 당신들에게서 받을 벌이 아닙니다. 저는 겁이 났던 게 아니라 치욕스러웠던 겁니다. 그런데 당신들은 기어이 그 치욕을 벗겨내려고 안달을 하고 있으니……. 좋습니다! 차라리 감옥으로 가지요! 하지만, 범인은 제가 아닙니다. 아버지 집의 문을 열고 그리로 들어갔다 나온

자, 그자가 범인입니다! 그놈이 누구인지 저도 갈피를 잡을 수 없지만 어쨌든 저는 아닙니다. 자, 저는 할 말을 다 했습니다. 유형을 보내든지 말든지 마음대로 해요! 제발, 쓸데없는 질문들로 저를 괴롭히지나 말아요. 이제 입도 뻥끗하지 않을 겁니다. 자, 증인들을 부르시지요."

검사는 차가운 시선으로 그의 얼굴을 살펴보았다. 그리고 갑자기 아주 자연스러운 일을 이야기하듯 평온한 어조로 말했다.

"우리는 그 점에 대해 아주 흥미진진한 증언을 그리고리로부터 들었습니다. 당신이 정원을 통해 담장 쪽으로 달려가던 그 순간 창문뿐 아니라 정원을 향해 난 쪽문도 활짝 열려 있었다고 그가 말했습니다. 당신이 닫혀 있다고 말한 그 쪽문이 열려 있던 것입니다."

미챠는 자리에서 벌떡 일어났다.

"거짓말! 거짓말이야! 열려 있었을 리가 없어! 내가 닫혀 있는 걸 분명히 봤다고! 그가 거짓말을 하는 거야!"

"제가 몇 번이나 물어보았지만 분명히 열려 있었다고 단언했습니다."

예심판사가 거들었다.

"거짓말이야! 절대 그럴 리 없어! 그가 제게 화가 나서 모함

하는 거라고요!"

그러자 검사가 예심판사에게로 고개를 돌리더니 말했다.

"그걸 보여주도록 하지요."

"자, 이걸 알아보시겠습니까?"

예심판사가 한쪽 옆구리가 찢어진 채 속이 텅 비어 있는 커다란 봉투를 내밀며 말했다. 미챠는 놀라서 그 봉투를 바라보았다.

"그게…… 그게…… 아버지가 준비한 봉투로군요."

그는 중얼거리듯 말했다.

"3,000루블이 들어 있던."

"맞습니다. 하지만 봉투에 돈은 들어 있지 않았습니다. 텅 빈 채 침대 옆 마룻바닥에 뒹굴고 있었습니다."

미챠는 잠시 한 대 얻어맞은 듯 아연실색해서 서 있었다.

"여러분! 스메르쟈코프 짓입니다!"

그는 갑자기 온 힘을 다해 소리쳤다.

"놈이 아버지를 죽인 겁니다! 놈이 돈을 훔친 겁니다! 그놈만이 봉투가 어디 있는지를 알고 있어요! 그래요, 틀림없이 그놈 짓입니다!"

"하지만 당신도 그 봉투가 어디 있는지 알고 있었잖습니까?"

"아니, 전 전혀 몰랐습니다. 그 봉투는 본 적도 없어요. 지금 처음 보는 거란 말입니다. 스메르쟈코프에게서 들었을 뿐입니다. 그놈만 그 봉투를 어디 숨겨두었는지 알고 있어요."

"하지만 당신은 바로 당신 입으로 '베개 밑에 감춰둔 3,000루블'이라고 분명히 증언했습니다. 당신은 그 봉투가 어디 있었는지 알고 있었던 거지요."

검사의 말이었다.

"우리는 그걸 기록해놓았습니다."

예심판사가 거들었다.

"말도 안 돼요! 전 전혀 몰랐어요! 베개 밑에 없었을 수도 있고…… 그냥 되는 대로 말한 거예요! 한데, 스메르쟈코프는 뭐라고 하던가요? 심문은 했습니까? 뭐라던가요? 아주 중요해요. 저는 그냥 짐짓 그런 말을 해본 겁니다. 아무 생각 없이 그냥 거짓말을 한 거란 말입니다. 왜, 그럴 수 있잖습니까? 아무 생각 없이 그냥 입에서 말이 튀어나오는 경우가! 그래요……. 돈이 어디 있는지는 스메르쟈코프만 알고 있어요! 놈이 제게 말해줬어요. 그래요, 그놈입니다. 정말 그놈입니다! 불을 보듯 뻔해요! 어서 빨리 놈을 체포하세요! 놈은 제가 도망칠 때, 그리고리가 의식을 잃고 쓰러져 있을 때, 일을 저지른 겁니다. 놈이 신호를 하자 아버지가 문을 열어준 겁니다."

"당신은 한 가지 사실을 잊은 게 있군요."

검사가 흐뭇한 미소를 띠며 말했다.

"신호를 보낼 필요가 없었지요. 당신이 정원에 있을 때 이미 문은 열려 있었으니까요."

"문…… 문이라……."

미챠가 중얼거리면서 검사를 바라보더니 다시 의자에 앉았다. 모두들 잠시 말이 없었다.

"그래, 문…… 오, 이건 악몽이야! 하느님이 나를 저버리신 거야!"

갑자기 미챠가 멍한 눈으로 중얼거렸다.

"자, 드미트리 표도로비치, 당신이 직접 판단해보시지요."

검사가 말했다.

"한편으로는, 문이 열려 있었고 당신이 그 문을 통해 나갔다는 증언이 있습니다. 당신에게는 치명적인 증언이지요. 또 다른 한편으로는 돈의 출처에 대한 당신의 도무지 납득할 수 없는 완강한 침묵이 있습니다. 그리고 그 돈을 손에 넣기 불과 세 시간 전에 당신은 권총을 저당 잡히고 10루블을 빌렸습니다. 자, 이 모든 상황을 근거로 당신이 직접 결론을 한번 내려보시지요. 이런 상황에서 우리들을 당신의 고결한 영혼을 못 알아보는 냉혹한 놈들이라고 비난할 수 있는지……."

미챠는 새하얗게 질려버렸다.

"좋습니다!"

그가 갑자기 소리쳤다.

"다 털어놓겠습니다. 그 돈이 어디서 난 돈인지 말해주겠어요……. 훗날 당신들이나 저나 잘못된 짓을 저지르고 후회하지 않게 하기 위해 저의 치욕을 밝히겠어요!"

제5장

"여러분!"

미챠는 흥분에 들떠 말을 시작했다.

"그 돈은…… 그 돈은…… 분명히 말하는데…… 그건 제 돈이었습니다."

"뭐라고요? 당신 돈이라고요?"

니콜라이가 되물었다.

"그날 오후 5시까지만 해도…… 당신 증언에 따르면……."

"에이, 5시니, 제 증언이니 하는 소리는 좀 집어치웁시다! 그게 문제가 아니잖소. 그 돈은…… 그 돈은 제 돈…… 그러니까, 제가 훔친…… 사실은 제 돈이 아니라 제가 훔친…… 제가 쭉 지니고 다녔던 1,500루블……."

"그래, 그 돈이 어디서 났단 말입니까?"

예심판사가 참지 못하고 물었다.

"여기 제 목에, 걸레쪽 안에 담겨 목에 매달려 있었던 돈입니다. 벌써 한 달째 수치심을 참아가며 매달고 다녔단 말입니다."

"그렇다면 그 돈을 누구에게서……?"

"누구에게서 훔쳤느냐고 묻고 싶은 거겠지요? 좀 솔직해집시다. 맞아요. 제가 훔친 돈입니다. 어제저녁에 완전히 훔친 돈입니다."

"어제저녁이라고요? 하지만 당신은 그 돈을 한 달 동안 지니고 있었다고 하지 않았습니까?"

"맞아요. 바로 어제저녁 결정적으로 도둑질을 한 거지요. 하지만 아버지 돈을 훔친 건 아니니 착각하지 마시길……. 그녀에게서 훔친 겁니다. 자, 제 이야기를 들어줘요……. 제발 도중에 끼어들지 말고…… 너무 힘드니까……. 그러니까 제 옛 약혼녀인 카테리나 이바노브나 베르호프체바가 한 달 전에 저를 불러서…… 그녀가 누구인지는 아시지요?"

"알다마다요!"

"당연히 아실 겁니다. 고결한 영혼 중에 고결한 영혼을 지닌 여자입니다. 그런데 오래전부터 저를 증오해왔지요. 그럴 만한 이유가 있어서…….”

“카테리나 이바노브나가요?”

예심판사가 되물었다. 검사도 놀란 것 같았다.

“오, 그녀 이름을 함부로 입 밖에 내지 마십시오! 제 입으로 그녀 이야기를 하다니 전 정말 비열한 놈입니다.”

이어서 그는 카테리나가 모스크바에 있는 언니에게 부쳐달라며 3,000루블을 자신에게 맡겼던 일을 간단하게 그들에게 설명했다. 그런 뒤 그는 이야기를 계속했다.

“그때 내 인생에서 숙명적인 일이 일어났던 것인데…… 바로 한 여자를 진정으로 사랑하게 된 겁니다. 바로 아래층에 앉아 있는 저 여자, 그루셴카를……. 나는 그때 그녀를 이곳 모크로예로 데려와서 3,000루블 중 절반을 탕진했고, 나머지 1,500루블을 부적처럼 몸에 지니고 다녔던 겁니다. 미리 돈을 둘로 나누었던 겁니다. 그리고 어제 그 주머니를 뜯어서 일부를 써버렸고 남은 돈이 지금 여러분 손에 있는 800루블입니다.”

“하지만 한 달 전에 당신이 이곳에서 쓴 돈은 3,000루블이 아닙니까? 모두들 그렇게 알고 있는데…….”

“누가? 모두들이라고요? 아니, 누가 돈을 세어봤나요?”

“아니, 당신 입으로 그렇게 말하지 않았습니까? 사람들에게 그날 3,000루블을 모두 써버렸다고 직접 말하지 않았습니까?"

"사실입니다. 제가 온 천지에 그렇게 떠들어댔고, 다들 그렇게 믿고 있지요. 하지만 제가 써버린 돈은 정확히 1,500루블이었고 나머지는 주머니에 넣고 꿰매서 부적처럼 차고 있었던 겁니다. 이제 확실히 알겠지요? 어제 썼던 돈은 바로 그 돈이란 말입니다."

"그렇다면 그 사실을 아무에게도 말하지 않았나요?"

검사가 물었다.

"예, 말하지 않았습니다."

"거, 참 이상하군요. 무슨 대단한 비밀이라고……. 당신이 베르호프체바 양의 돈을 가로챘다는 이야기는 이미 도시 전체에 떠돌고 있는 이야기인데……. 비열하고 창피한 일인 줄은 알겠지만 그게 어떻게 당신의 치욕과 연관이 있다는 건지. 게다가 1,500루블에 대해서는 함구한 채 비밀을 지켜왔다니……. 그 사실을 털어놓는 게 그토록 고통스러웠다니……. 도무지 이해할 수가 없어요. 당신, 방금 전에도 그 사실을 털어놓느니 차라리 징역을 살겠다고 하지 않았나요?"

검사는 거기까지 말한 후 입을 다물었다. 그는 열이 바짝 올라 있었다.

"치욕은 이 1,500루블 자체에 있는 게 아닙니다."

미챠가 단호하게 말했다.

"그것은 이 1,500루블을 3,000루블에서 따로 떼어놓은 데 있는 겁니다."

"아니, 그게 도대체 무슨 말이오?"

검사가 화를 내다시피 하며 말했다.

"훔친 돈을 둘로 나눈 게 치욕이라고……? 왜 따로 떼어놓은 거요? 어디 설명해봐요!"

"그래요, 바로 그 떼어놓은 이유라는 게 문제지요. 야비하게 계산을 하고 떼어놓았으니……. 계산은 야비한 거니까……. 그 야비한 게 한 달 동안 계속되었으니……."

"도대체 무슨 소리인지 모르겠군."

"아니, 정말로 모르겠어요? 참 놀랍군요. 하긴 이해 못 했을 수도 있지. 자, 설명해드릴 테니 잘 들어보세요. 제가 제 명예를 믿고 맡긴 3,000루블을 착복합니다. 한바탕 질펀하게 놀아난 뒤 그녀 앞에 나타나 그 돈을 다 써버렸다고, 제가 죽일 놈이라고 고백합니다. 잘한 짓일까요? 물론 아니지요. 떳떳하지 못하고 비열한 짓이며 짐승처럼 어리석은 짓입니다. 하지만 그건 도둑질은 아니지요. 말 그대로 진짜 도둑질을 한 건 아니라 이 말입니다. 제가 그 돈을 다 탕진했더라면 저는 도둑질을 한 건 아닌 셈입니다.

그런데 그보다 조금 나은 경우가 있습니다. 아이고, 저도 머리가 빙빙 도는군요. 자, 찬찬히 들어보세요. 두 번째 경우는 이렇습니다. 3,000루블 중 절반을 탕진하는 거지요. 그리고 그녀에게 이실직고한 후 나머지 돈을 내놓는 겁니다. 물론 여전히 짐승 같은 짓을 저지른 것은 맞지만 분명 도둑은 아니지요. 진짜 도둑이라면 나머지 돈을 슬쩍했을 테니까요."

"뭐, 그렇다고 칩시다."

검사가 싸늘한 웃음을 지으며 말했다.

"그런데 그 미묘한 차이가 당신에게 그토록 중요하다니 정말로 이상한 일이군요."

"그래요! 그건 정말 치명적인 차이입니다! 누구든 떳떳하지 못한 짓은 할 수 있고 야비해질 수도 있습니다. 하지만 도둑질은 그렇지 않습니다. 누구나 도둑이 될 수 있는 게 아닙니다. 좀 더 정확히 말하자면 도둑질은 가장 질이 낮은 야비한 짓입니다. 자, 저는 한 달 동안 그 돈을 지니고 있었습니다. 언제고 당장에 그 돈을 돌려줄 수 있었습니다. 언제고 야비한 놈에서 벗어날 수 있었던 거지요. 그런데 결단을 못 내리고 한 달 동안

질질 끌었습니다. 여러분이 보시기에도 잘한 짓은 아니지요."

"뭐, 그렇다고 치지요. 당신이 섬세한 사람이라는 것도 인정하지요. 하지만 당신은 핵심적인 문제는 진술하지 않았습니다. 도대체 그 3,000루블을 왜 둘로 나눈 겁니까? 나머지 1,500루블을 어디에 쓰려고 간직하고 있던 겁니까?"

검사가 물었다.

"아, 그 이야기를 안 했군요. 그 설명을 해주었으면 제가 왜 그렇게 치욕스러워했는지 여러분이 쉽게 이해할 수 있었을 텐데……. 고인이 된 아버지가 그루셴카에게 추근거렸다는 건 다들 아시지요? 저는 질투심에 사로잡혔고, 그녀가 아버지와 저 사이에서 갈팡질팡하고 있다고 생각했습니다. 그리고 이런 생각에 빠져 있었습니다. '만일 그녀가 갑자기 결단을 내려서 나를 선택하면 어떻게 하지? 나보고 함께 어디론가 가자고 하면 어떻게 하지?' 그때 저는 빈털터리였습니다. 제가 빈털터리라면 그루셴카가 저를 거들떠보지도 않으리라고 생각했습니다. 그녀를 잘못 알고 있었던 거지요. 그래서 1,500루블을 바늘로 꿰맨 주머니에 넣고 다닌 겁니다. 그리고 나머지 돈으로 술판을 벌이러 간 겁니다. 아시겠습니까? 정말 야비한 짓이었죠."

검사와 예심판사가 웃음을 터뜨렸다.

"아니, 내 생각에는 돈을 다 써버리지 않고 훗날을 대비해서 절반을 챙겨놓은 건 오히려 사려 깊고 도덕적인 행동인 것 같은데요."

니콜라이가 킥킥거리며 말했다.

"그게, 뭐 그리 심각한 문제란 말인가요?"

"아니, 그건 도둑질 아닙니까! 아직 제 말을 이해하지 못하다니, 소름이 돋네요. 그 1,500루블을 가슴에 차고 다니면서 저는 매일 '너는 도둑놈이다! 너는 도둑놈이다!'라는 생각을 했습니다. 바로 그 생각 때문에 사람들에게 사납게 군 겁니다. 이 때문에 술집에서 주먹질을 했고, 아버지에게도 주먹질을 한 겁니다. 스스로 도둑놈이라고 생각했기에 벌어진 일들이라니까요. 동생 알료샤에게도 털어놓지 못할 정도였습니다. 그만큼 스스로를 야비한 도둑놈이라고 생각한 겁니다. 하지만 그 주머니를 목에 차고 있는 동안에는 그래도 가능성이 있었습니다. 당장에라도 그녀를 찾아가 돈을 돌려주며 고백하면 어쨌든 도둑은 되지 않을 수 있었으니까요. 그런데 어제 그 주머니를 뜯은 겁니다. 그와 함께 저는 영원히 도둑놈이 된 겁니다. 카테리나를 찾아가 '나는 야비한 놈이지만 도둑놈은 아니다'라고 말할 꿈을 갈기갈기 찢어버린 셈이니까요. 자, 이제는 모든 걸 이해하시겠지요?"

"그런데 왜 하필 어제 그걸 뜯을 생각을 하신 거지요?"

니콜라이가 미차의 말을 끊고 물었다.

"아니, 무슨 그런 우스운 질문을! 왜냐하면 새벽에 죽을 결심을 했으니까요. 명예롭게 죽으나 치욕 속에 죽으나 죽고 나면 매한가지 아닙니까? 그런데, 일이 그렇게 되지 않은 겁니다. 오늘 밤 저를 가장 괴롭힌 것은 그리고리를 죽였다는 사실도 시베리아로 유형을 갈지도 모른다는 두려움도 아니었습니다.

오늘이 어떤 날입니까! 바로 제 사랑이 결실을 맺은 날입니다! 천국이 눈앞에 펼쳐진 날입니다! 물론 그런 것들로도 괴롭긴 했습니다. 하지만 그 괴로움은 제가 이 저주받은 돈을 다 써 버렸다는 사실, 저는 이제 꼼짝없이 도둑이 되었다는 이 저주받은 자의식에 비하면 아무것도 아니었습니다. 오, 여러분! 저는 지난밤에 정말 많은 것을 배웠습니다. 자신이 비열한 놈이라는 생각을 갖고 사는 것도 불가능하지만 그런 생각과 감정을 갖고 죽는 것도 불가능하다는 것을 배운 것입니다……. 그렇습니다. 여러분, 죽을 때도 자신이 떳떳하다고 생각하면서 죽어야 합니다……."

미차의 얼굴은 창백했다. 극도로 흥분해 있었지만 동시에 기진맥진해 있었던 것이다.

"이해가 될 것 같기도 하네요."

검사가 동정하는 듯한 어조로 말했다.

"하지만 그 모든 것이 말하자면…… 신경과민? 뭐 그런 것 같군요. 그렇게 고통스러웠다면 그 여자분에게 찾아가 모든 것을 고백하고 돈을 돌려줬으면 될 것 아닙니까? 그리고 다시 돈을 빌리면 되지 않습니까? 내가 알기로는 충분히 당신의 요구를 들어줄 만큼 너그러운 여자인 것 같은데……. 더욱이 삼소노프 노인이나 호흘라코바 부인을 찾아가 제시한 담보물까지 있었다면!"

"아니, 제가 정말로 그렇게 야비한 놈으로 보입니까? 진심으로 하는 말입니까?"

미챠는 검사의 눈을 바라보며 분개한 듯 말했다.

"진담입니다. 왜 진담이 아니라는 거지요?"

"오, 그런 비열한 짓을! 당신은 저를 정말 힘들게 하는군요. 그래요. 저도 그 생각을 했었습니다. 그만큼 비열한 놈이니까요. 하지만 그럴 수 없었습니다. 아니, 그녀에게 찾아가 그녀를 배신했다고 말하고 돈을 요구해요? 그녀에게 심한 모욕을 준 여자하고 도망가려고? 검사님, 정신이 어떻게 된 거 아닙니까?"

"뭐, 정신이야 있건 없건, 미처 그 생각은 못 했군요. 말하자면 여성의 질투 같은 것……. 이런 일에도 그런 것이 있기는 있겠군요."

검사는 히죽 웃었다.

"그건 정말 생각할 수도 없는 일입니다. 정말 비열한 짓입니다!" 미챠가 갑자기 책상을 탁 쳤다. "그래요, 정말 추악한 짓이지요! 그녀는 제게 돈을 주었을 겁니다. 분명 줬을 거예요. 복수를 하기 위해서! 저를 멸시하는 마음에서! 그녀에게도 지옥 같은 영혼이 있을 것이고 분노심이 있을 테니까! 저는 돈을 받았을 겁니다. 분명 받았을 거예요! 그리고 한평생을……. 오, 맙소사!"

"자, 진정하시고…… 정말 궁금한 걸 묻겠습니다." 검사가 다시 차분한 목소리로 말했다. "그렇다면, 당신이 1,500루블을 부적 같은 주머니에 넣고 다닌다는 이야기를 아무에게도 안 했습니까? 솔직히 말씀드리자면, 상상도 할 수 없는 일이라서……."

"아무에게도 하지 않았다고 몇 번을 말해야 한단 말입니까? 제발 더 이상 나를 괴롭히지 말고 좀 내버려두십시오!"

"좋습니다. 하지만 이건 정말 중요한 문제입니다. 자, 생각해 보세요. 당신이 당신 입으로 3,000루블을 다 써버렸다고 떠드는 걸 들은 사람이 한둘이 아닙니다. 더욱이 어제도 많은 사람 앞에서 이번에도 3,000루블을 가져왔다고 큰소리쳤지요?"

"그런 건 아무 의미도 없어요. 제가 거짓말을 한 거고, 다들 그 거짓말을 되풀이하는 거니까."

"아니, 왜 거짓말을 한 겁니까?"

"알 게 뭡니까? 저도 몰라요……. 그냥 허풍을 떤 건지도 모르고…… 따로 챙겨둔 1,500루블을 잊기 위해서였는지도 모르고……. 뭐, 한 번 그렇게 허풍을 떨고 나면 그걸 바로잡고 싶은 마음이 생기지 않는 게 인지상정 아닙니까?"

"하나만 더 묻지요. 그래, 그 부적 주머니는 어떻게 했소?"

"몰라요. 아마 광장 어디에선가 버렸겠죠."

미챠는 고개를 숙이고 손으로 얼굴을 가렸다. 이미 돌이킬 수 없이 되었다는 절망감이 그를 엄습했다. 벌써 아침 8시였다. 검사와 예심판사도 피곤한 기색이었다. 하지만 쉴 겨를이 없었다. 곧바로 증인신문으로 넘어가야 했기 때문이었다.

제6장

증인신문이 시작되었다. 증인신문을 통해 심문관들이 가장 주목한 것은 뭐니 뭐니 해도 3,000루블의 돈에 관한 문제였다. 핵심은 두 가지, 어찌 보면 한 가지였다. 과연 드미트리 표도로비치가 한 달 전에 이곳에 와서 쓴 돈이 3,000루블이냐, 아니면 1,500루블이냐 하는 문제와 어제 그가 술판을 벌이면서 쓴 돈이 얼마냐 하는 문제였다.

결론부터 말하자. 모든 증언이 하나부터 열까지 미챠에게 불리한 것들뿐이었고, 심지어 어떤 증언들은 확실하게 미챠의 증언들을 뒤집을 만한 내용까지 포함하고 있었다.

제일 먼저 불려온 것은 여관 주인 트리폰 보리스이치였다. 그는 아주 단호하게 한 달 전에 드미트리가 이곳에서 쓴 돈이

3,000루블이라고 단언했고, 많은 농군이 증인이라고 덧붙였다. 이를테면 이런 식이었다.

"집시 년들에게 들어간 돈만 해도 3,000은 될걸요."

미챠는 그저 우울하게 "500도 안 될 거야"라고 중얼거릴 뿐이었다. 이어서 그는 "그때 술에 취해서 세어보지 않은 게 잘못이야"라고 중얼거렸다. 그러자 트리폰은 적어도 1,000루블은 넘을 것이라고 목청을 높였으며, 미챠가 그때 쓴 돈은 분명히 3,000루블이 맞다고 단언했다.

이어서 심문을 받은 농부들과 마을 여자들도 모두 트리폰의 증언에 동조했다. 이어서 칼가노프와 막시모프, 폴란드인들도 심문을 받았다. 칼가노프와 막시모프에게서는 별로 알아낸 게 없었다. 하지만 검사는 그루셴카의 애인이었던 폴란드인을 심문하면서 아주 중요한 사실을 하나 확인할 수 있었다. 바로 미챠가 그를 3,000루블의 돈으로 매수하려 했다는 사실이었다. 그들은 700루블은 당장에 내주고 나머지 2,300루블은 시내에 가서 주겠다고 미챠가 말한 사실을 특히 주목했다. 검사의 입장에서 보자면 미챠의 손에 들어온 3,000루블 중에 절반 혹은 그 이상이 어딘가 숨겨져 있음이 분명히 드러난 것이다.

검사는 자신이 가진 돈은 1,500루블뿐이라고 우기면서 어떻게 2,300루블을 다음 날 주겠다고 말했느냐며 미챠를 다그쳤다. 미챠는 내일 폴란드인에게 주려고 한 것은 돈이 아니라 삼소노프 영감과 호흘라코바 부인에게 담보로 주려 했던 체르마쉬냐 영지의 소유권이라고 말했다. 검사가 유치한 수작이라며 코웃음을 쳤음은 물론이다.

끝으로 그루셴카가 불려왔다. 그녀는 단정하고 평온해 보였다. 검사는 그녀에게 고인과 그녀의 관계, 그녀와 미챠와의 관계에 대해 의례적인 질문을 한 후 본론으로 넘어갔다. 역시 그날 미챠가 쓴 돈의 액수에 대한 질문이었다. 그루셴카는 미챠가 그날 쓴 돈이 3,000루블이라고 여러 번 말했다고 증언할 수밖에 없었다. 그리고 최근에는 수중에 단 한 푼도 없다는 이야기를 자주 들었다고 말했다. 게다가 자기 아버지를 죽이겠다는 말을 그가 했느냐는 검사의 질문에 한숨을 내쉬며 긍정할 수밖에 없었다.

검사가 다시 물었다.

"그렇다면 그가 그 말을 실행에 옮기리라고 믿고 있었단 말이오?"

"아뇨! 절대로 믿지 않았어요! 그는 고결한 사람이에요!"

그녀가 단호한 어조로 말했다.

그러자 미챠가 갑자기 큰 소리로 외쳤다.

"여러분, 아그라페나 알렉산드로브나에게 딱 한 마디만 할 수 있게 허락해주십시오!"

"하시지요."

예심판사가 허락했다.

"그루셴카!"

미챠가 자리에서 벌떡 일어나며 말했다.

"하느님과 나를 믿어줘! 나는 절대로 아버지의 피가 흐르게 하지 않았어!"

미챠는 다시 자리에 앉았다.

"오, 당신에게 주님의 축복을!"

그녀가 성호를 그으며 감동적인 목소리로 말했다.

"여러분, 이분의 말을 그대로 믿어주세요! 저는 저분을 잘 알고 있어요. 자기를 과시하려고 허풍을 떨지는 몰라도 양심에 어긋나는 거짓말은 절대로 하지 않는 사람이에요. 그가 진실이라고 하면 그대로 믿어주세요."

"오, 그루셴카! 당신이 내 영혼의 짐을 덜어주었어!"

미챠가 떨리는 목소리로 말했다.

그루셴카에 대한 심문도 끝나고 그녀가 방에서 나갔다. 그와 함께 증인신문도 끝이 났다. 너무 피곤했던 미챠는 검사와 예심판사가 조서를 정리하는 동안 커튼 가까이 있던 궤짝 위에 몸을 눕혔다가 깜빡 잠이 들었다.

그는 아주 이상한 꿈을 꾸었다.

그는 아주 오래전 그가 근무한 적이 있던 곳의 들판을 달리고 있다. 그는 농군 한 명이 몰고 가는 달구지 위에 올라타 있다. 11월 초, 추운 날씨였고 눈발이 날리고 있다. 멀리 오두막들이 눈에 들어오기 시작한다. 그런데 그 오두막들은 절반이 불에 타버렸고 남은 기둥들만 삐죽삐죽 서 있다. 마을 안으로 들어서니 수많은 아낙네가 줄지어 서 있다. 모두 꼬챙이처럼 바싹 여윈 몸이고 얼굴에는 흙빛이 감돌고 있다. 아낙네들 중에 어린애를 안고 있는 키 큰 여인이 한 명 있다. 아이는 울고 있다.

"왜 울고 있는 거지?"

미챠가 그 곁을 지나가며 묻는다.

"애기가 꽁꽁 얼었죠. 배도 고프고."

말을 모는 농군이 대답한다.

"아니, 왜? 대체 왜, 저렇게 길에 나와서……."

"왜라니요? 찢어지게 가난한 데다, 살던 집도 불에 타버렸으니……. 먹을 것도 없으니 저렇게 구걸하고 있는 거지요."

그러자 미챠가 이해할 수 없다는 듯 다시 묻는다.

"아니, 저 사람들은 왜 저렇게 비참한 거야? 저 아기는 왜 가난한 거야? 들판은 왜 이렇게 황량한 거야? 왜 서로들 껴안지 않는 거야? 왜 기쁨의 노래를 부르지 않는 거야? 왜 아기에게 먹을 것을 주지 않는 거야?"

미챠는 자신이 얼토당토않은 질문을 하고 있다고 느낀다. 하지만 이전까지 느끼지 못하던 감동이 가슴에 북받쳐 올라 그 질문을 하지 않고는 못 배기겠다는 것을 동시에 느낀다. 그는 울고 싶어진다. 아기와 삐쩍 마른 엄마를 달래고 싶어진다. 이어서 모든 사람을 달래고 싶어진다. 카라마조프의 기질대로, 무작정…….

"나는 당신과 함께야. 결코 당신을 버리지 않을 거야."

갑자기 그루셴카의 목소리가 들린다.

그의 심장에 불이 붙고 그는 멀리서 떨리는 불빛을 향해 내닫는다. 그를 살고 싶고, 저 멀리서 그를 부르는 불빛을 향한 이 넓고 확실한 길로 나서고 싶다.

"그래, 어디로?"

그가 눈을 뜨며 외쳤다. 그는 일어나 앉았다. 얼굴에는 경건한 미소가 흐르고 있었다. 니콜라이가 그의 앞에 서서 조서를 읽고 서명해달라고 간청하고 있었다. 순간 미챠는 자기가 잠들어 있는 사이 누군가가 베개를 받쳐주었음을 알아차렸다.

"누가 베개를 받쳐주었지요?"

그가 놀라서 외쳤다.

"누가 이렇게 선량한 일을 한 거지요?"

그에게는 그 행동이 정말 고맙게 여겨졌다. 그는 탁자로 다가가더니 뭐든 다 서명하겠다고 선언하듯 말했다.

"여러분, 저는 아주 좋은 꿈을 꾸었습니다."

그는 야릇한 목소리로 말했다.

미챠가 서명을 하자 그는 죄수의 몸이 되었다. 예심판사가 그에게 이곳에 와 있는 지서장이 그를 구치소로 호송할 것이라고 말하자 미챠는 그의 말을 가로막고 말했다.

"여러분, 저는 각오가 되어 있습니다. 여러분들이 여러분의 의무를 성실히 수행하고 있다는 것도 잘 알고 있습니다. 하지만…… 하지만…… 잠시만 기다려주십시오. 우리는 모두 나쁜 사람들입니다. 어머니들과 그 어머니 품에 안긴 아이들이 울고 있는 것은 모두 우리들 탓입니다. 저는 그중에서도 가장 사악한 자입니다. 저는 매일 개과천선하겠다고 다짐하면서 여전히 매일 추악한 짓을 저질렀습니다. 저는 제가 한 방 맞아야 한다는 것을, 운명의 벼락을 맞아야 한다는 것을 이제야 깨달았습니다. 그 벼락을 주재하시는 제 바깥의 힘으로 꽁꽁 묶여야 한다는 것을 깨달았습니다. 저 혼자의 힘으로는 절대로 개과천선할 수 없다는 것을, 저 혼자의 힘으로는 설 수 없다는 것을 깨달았습니다. 벼락! 그것을 저는 받아들이겠습니다. 저를 향한 비난과 공공연한 치욕을, 그 고통을 저는 받아들이겠습니다. 저는 고통을 달게 받겠으며 고통을 통해 정화될 것입니다. 여러분은 제가 정화되지 않으리라 생각하십니까?

하지만 마지막으로 다시 말합니다. 저는 아버지의 피를 쏟지 않았습니다. 제가 달게 벌을 받겠다는 것은 아버지를 죽였기 때문이 아닙니다. 아버지를 죽이고 싶었기 때문입니다. 혹은 제가 아버지를 죽였는지도 모르지요……. 하지만 그 점에 대해서는 여러분과 끝까지 싸울 것임을 저는 분명히 말씀드립니다. 자, 안녕히! 이제 곧 죄수의 몸이 될 터이니 자유인으로서 마지막으로 내미는 손입니다. 여러분 모두에게 작별을 고합니다."

그는 손을 내밀었다. 하지만 아무도 마주 손을 내밀지 않았고, 그와 가장 가까이 있던 니콜라이는 몸을 움찔하면서 손을 뒤로 뺐다. 미챠도 손을 거두어들였다.

"좋습니다. 하지만 마지막으로 부탁이 있습니다. 그루셴카와 작별 인사를 할 수 있게 해주시겠습니까?"

"물론이지요. 하지만 단둘이는 안 됩니다."

사람들이 그루셴카를 데려왔다. 하지만 작별의 시간은 너무 짧았다. 말을 별로 나눌 수 없어서 미챠는 불만이었지만 어쩔 수 없었다. 그루셴카가 몸을 깊이 숙여 미챠에게 인사했다.

"아까 말했듯이 나는 당신 거야. 그리고 앞으로도 영원히 당신 거야. 어디까지든 당신을 따를 거야. 안녕! 당신은 아무 죄도 없어. 당신 스스로 당신에게 해를 가한 거야."

그녀의 입술이 떨렸고 눈에서는 눈물이 흐르고 있었다.

"그루샤, 나를 용서해줘. 당신을 사랑한 나의 죄를! 나의 사랑 때문에 당신이 고통을 받았으니!"

미챠는 하고 싶은 말이 더 있었지만 사람들이 그를 밖으로 끌고 나갔다.

제9부 이반 표도로비치

제1장

11월 초였다. 영하 10도 너머의 추위가 닥치면서 얼음이 얼기 시작했고 칼바람에 눈보라가 흩날렸다. 미차가 체포된 지도 두 달 가까이 되었다. 그사이 알료샤가 자주 찾은 곳이 두 군데 있었다. 그중 가장 자주 찾은 곳이 일류샤의 집이었고, 다른 하나는 그루셴카의 집이었다.

독자 여러분도 기억하겠지만 일류샤는 알료샤에게 돌을 던졌던 바로 그 소년이었다. 소년은 심한 병을 앓고 누워 있었다. 지나는 길에 한 가지만 더 밝힌다면 일류샤의 아버지 스네기료프는 이제 궁핍에서 벗어난 생활을 하고 있었다. 알료샤가 예견했던 대로 그는 카테리나가 준 200루블을 결국 받아들였던 것이다.

카테리나 이바노브나는 그 집 형편과 일류샤의 병세에 대해 자세히 알게 된 뒤 그 집을 몸소 방문하기도 했다. 그녀는 가족 전체와 친근하게 인사를 나누었으며 심지어 반쯤 제정신이 아닌, 스네기료프의 아내까지도 카테리나를 좋아하게 되었다. 이후 그녀는 온정의 손길을 끊지 않았으며 아들이 죽을지도 모른다는 걱정에 휩싸여 있던 스네기료프는 명예와 자존심 따위는 다 잊고 그녀의 도움을 순순히 받아들였다.

일류샤의 집에 드나드는 건 알료샤만이 아니었다. 그때 일류샤와 맞서 돌싸움을 했던 아이들도 모두 거의 매일 일류샤의 병문안을 갔다. 처음에는 알료샤의 손에 이끌려 일류샤를 찾았던 아이들이 이제는 자발적으로 번갈아 일류샤의 집을 찾았고, 일류샤의 아버지 스네기료프는 아이들이 병문안을 오면 무척 반가워했다.

일류샤를 놀렸던 아이들이 그렇게 모두 일류샤의 집을 찾았지만 딱 한 명만 예외가 있었다. 일류샤와 맞섰던 무리 중의 우두머리였던 니콜라이(콜랴) 크라소트킨이었다. 콜랴는 열세 살이었지만 나이 이상으로 조숙한 소년이었다.

콜랴는 자주 기발한 행동을 해서 다른 아이들을 사로잡곤 했으며 심지어 자기의 홀어머니에게도 마치 자신이 독재자라도 되는 양 군림하려 들었다. 콜랴의 어머니는 아들이 자신을 사랑하지 않는다고 속상해했지만 실은 그건 오해였다. 그는 어머니를 사랑했다. 다만 또래들이 자기들 어머니에게 어리광을 부리는 것이 못마땅해서 짐짓 자기 어머니에게 냉정하게 군 것뿐이었다.

콜랴는 책 읽는 것을 좋아했다. 그 애는 아버지가 남겨준 책들을 수시로 꺼내어 읽었다. 콜랴의 어머니는 친구들과 장난하며 밖에서 뛰어 놀 나이에 몇 시간이고 책장 옆에 붙어 책을 들여다보는 아들이 놀랍기만 했다. 그렇게 해서 콜랴는 아직 그 나이에는 읽지 말아야 할 책들까지 읽게 되었고, 조숙한 소년이 되었다.

그런 조숙한 소년이 자기과시를 위해 어떤 행각을 벌였는지 자세히 소개하지는 말자. 어린 나이에 마치 세상을 다 알아버린 것 같은 느낌에 사로잡힌 소년, 그러면서도 자신만의 사색에 사로잡혀 있는 것이 아니라 영웅적인 호기(豪氣)를 지닌 소년이 할 만한 행동은 거의 다 했다고 보면 된다. 그는 아이들의 우두머리였고, 영웅이었다. 여기서 한 가지 사실을 밝히기로 하자. 아이들이 일류샤를 '수세미'라며 놀렸을 때, 일류샤가 화가 나서 아이들 중 한 명의 허벅지를 펜촉으로 찌른 일이 있었는데 그 아이가 바로 콜랴였다.

하지만 콜랴가 일류샤를 찾아가지 않은 건, 그 일로 여전히 일류샤에게 화가 나 있어서가 아니었다. 콜랴도 일류샤를 찾아가고 싶었다. 하지만 알료샤의 충고를 듣고 일류샤를 찾아가는 친구들—친구라기보다는 부하—의 모습이 꼴 보기 싫었다. 콜랴는 자신이 자유의지로 일류샤를 찾아갔음을 과시하고 싶어 이제까지 미루고 있던 것이었다.

그러던 어느 날 콜랴는 함께 어울리던 친구들 중 두 학년 아래인 스무로프를 자기 집으로 찾아오게 했다. 이제는 일류샤를 방문할 때가 되었다는 생각에서였다.

가는 길에 콜랴가 물었다.

"일류샤는 좀 어때?"

"나빠, 아주 안 좋아. 내가 보기엔 폐병 같아. 정신은 말짱한데 숨을 잘 못 쉬거든! 일주일도 못 넘길 것 같아. 의사가 자주 와서 보곤 해. 걔네 부자가 됐어. 돈이 아주 많아."

"나쁜 놈들!"

"누가? 누가 나쁜 놈들이라는 거야?"

"의사 놈들! 나는 개인적으로 의학을 믿지 않거든. 쓸모없는 제도이며 관습일 뿐이야. 내가 자세히 다 들여다볼 거야. 그런데 너희들, 뭐 그렇게 감상적이냐? 반 애들 전부가 그 집에 다니는 거야?"

"다는 아니야. 우리 반 애들 중 열 명 정도가 매일 가보는 거야. 그 정도는 괜찮잖아."

"하지만 나는 알렉세이 카라마조프가 하고 있는 짓은 도무지 이해를 못 하겠어. 자기 형 재판받을 날이 오늘내일하는데 애들하고 저런 감상 놀음이나 하고 있으니! 뭐, 시간이 남아도나 보지?"

"감상 놀음, 그런 거 아니야. 형도 지금 일류샤와 화해하려고 이렇게 가고 있잖아."

"화해라고? 무슨 말도 안 되는 소리를! 내 행동을 두고 이러쿵저러쿵 분석하려 들지 마!"

"형이 찾아가면 일류샤가 얼마나 좋아할까! 형이 올 줄은 상상도 못 하고 있을 거야. 그런데, 형, 왜 여태 일류샤에게 가보지 않은 거야?"

"이보세요, 그건 내 일이지 자네 일이 아니랍니다. 나는 내 자유의지로 선택해서 가고 있는 거야. 하지만 너희들은 모두 알렉세이 카라마조프에게 끌려갔어. 바로 그게 차이야. 그리고 네가 뭘 안다는 거야? 내가 화해를 하러 가는지, 아닌지…….

바보 같은 표현이야."

"뭐, 우리도 카라마조프 형 때문에 끌려간 건 아니야. 자발적으로 나선 거야. 나도 그랬거든. 근데 형, 일류샤가 형에 대해서도 물어봤어. 일류샤가 죽으면 그 애 아버지도 미쳐버리든지 죽든지 할 거야. 정신 나간 사람처럼 행동하기도 했지만 알고 보니까 참 고상하고 좋은 분이야. 우리가 잘못 안 거지. 다, 그 카라마조프, 아버지를 죽인 그 사람 때문이야."

"카라마조프는 내게도 수수께끼야. 언젠가 내가 꼭 밝혀낼 거야."

콜랴는 입을 다물었고 스무로프도 마찬가지로 입을 다물었다. 멀리 성당의 시계가 11시 반을 알렸다. 그들은 스네기료프의 집까지 꽤 먼 길을 거의 대화를 나누지 않은 채 빠른 걸음으로 걸어갔다. 이웃 집에서 20보쯤 떨어진 곳에 이르자 콜랴가 걸음을 멈추더니 스무로프에게 카라마조프를 좀 불러달라고 명령하듯 말했다.

스무로프가 혼자 집 안으로 들어가자 콜랴는 담장에 기댄 채 알료샤를 기다렸다. 그렇다, 그는 오래전부터 알료샤를 만나고 싶었다. 아이들이 그 사람 이야기를 할 때면 늘 관심 없는 듯 경멸적인 태도를 취했지만 속으로는 무척이나 사귀고 싶었다. 알료샤에 관한 이야기를 들을 때마다 뭔가 공감이 가고 이끌리는 면이 있었다. 따라서 바로 이 순간이 그에게는 아주 중요했다. 우선 자신의 최선의 모습을 보여주어야 했고, 자기가 독립적인 사람이라는 것을 보여주어야 했다. 만일 그러지 못한다면 그는 자기를 다른 아이들과 똑같은 열세 살짜리 코흘리개 취급을 하리라.

'에이, 그런데 나는 왜 이리 키가 작은 거지? 아니, 괜찮아. 얼굴은 똘똘하게 생겼잖아.'

콜랴가 그런 생각을 하며 긴장해 있을 때 알료샤가 나타났다. 콜랴는 알료샤의 얼굴이 기쁨으로 환하게 빛나는 것을 보고 놀랐다.

'아, 나를 만나는 게 정말 저렇게 기쁜 걸까?'

콜랴는 만족감을 얼굴에 드러냈다.

지금의 알료샤의 모습은 우리가 알고 있던 이전의 모습과는 사뭇 달라져 있었다. 그는 검은 수도복 대신 멋진 프록코트를 입고 둥근 모자를 쓰고 있었고 머리도 짧게 깎고 있었다. 모든 것이 그에게 잘 어울려서 그는 대단히 멋진 젊은이로 변해 있었다. 표정도 언제나처럼 아주 명랑했지만 어쩐지 조용함과 평온함이 함께 깃든 명랑함이었다. 그는 외투를 걸치지 않고 있었다. 콜랴가 찾아왔다는 소식을 듣고 급히 뛰쳐나온 것이 분명했다.

"콜랴 군, 드디어 왔군요! 당신을 얼마나 기다렸는데!"

"이유가 있었습니다. 당신을 무척 만나고 싶었습니다. 한데 일류샤는 어떤가요?"

"아주 안 좋아요. 죽을 것 같아요."

"그래요? 그러니 의학은 사기인 거지요? 그렇지요, 카라마조프 씨!"

"그런 이야기는 나중에 하고, 우선 안으로 들어가지요. 참, 당신 이름이 어떻게 되지요?"

"니콜라이 이바노비치 크라소트킨입니다. 나는 니콜라이라는 이름이 정말 싫어요."

"아니, 왜요?"

"너무 흔해빠진 이름이잖아요."

"당신, 열세 살인가요?"

"정확히 말하면 열네 살이지요. 2주만 지나면 되니까……."

콜랴는 알료샤가 마음에 들었다. 무엇보다 자신을 어른으로서 대접해주고 존댓말을 쓰는 게 좋았다. 두 사람은 집 안으로 들어갔다.

가뜩이나 잡동사니 가재도구 때문에 비좁은 지금 사람들이 잔뜩 몰려와 있었기에 방 안은 갑갑할 정도였다. 몇 명의 소년들이 일류샤 옆에 앉아 있었다. 소년들은 스무로프처럼 대부분 자신이 자발적으로 이곳에 찾아온 것이지 알료샤에게 이끌려서 온 것이 아니라고 우겼을 것이다. 하지만 실은 알료샤가 기지를 발휘해서 마치 우연인 양 아이들을 하나씩 자연스럽게 일류샤에게 오도록 만든 것이었고 그 덕분에 아이들은 자신이 누구에게 이끌려 병문안을 온 것이 아니라 스스로 찾아온 것이라고 생각했다. 전에 자신을 공격했던 아이들이 찾아와 자신에게 상냥하게 대해주는 것을 보고 일류샤가 얼마나 기뻐했을지는 두말할 필요가 없을 것이다.

"콜랴다!"

콜랴가 방 안으로 들어오는 것을 처음으로 본 소년이 외쳤다. 일류샤의 아버지도 매우 반갑게 그를 맞았다. 콜랴는 정중하게 인사를 한 후 곧장 일류샤가 누워 있는 침대로 갔다. 콜랴는 두 달 전에 보았던 친구의 모습은 보이지 않고 낯선 아이가 침대에 누워 있는 것을 보고 큰 충격을 받았다. 일류샤는 그토록 여위었고 얼굴은 누렇게 떠 있었으며, 두 눈은 퀭하니 뚫려 있고 입술은 바싹 말라 있었던 것이다.

콜랴는 가슴이 저려왔다. 콜랴는 일류샤에게로 성큼 다가가 두 손을 내민 채 거의 정신없이 말했다.

"그래, 영감…… 어떻게 지냈어?"

일류샤는 입만 달싹했을 뿐 기운이 없어 당장은 아무 말도 하지 못했다. 그러더니 겨우 기운을 내서 아버지에게 말했다.

"아빠, 얘는 모르는 게 없어. 우리 반에서 제일 똑똑하고 제일 용감해. 선생님도 쩔쩔매게 만들고, 어른들도 막 골려줘."

"무슨 쓸데없는 소리를……."

말은 그렇게 했지만 그는 옆에 있는 알료샤를 무척 의식하고 있었다. 그는 자기가 정말 만만한 놈이 아니라는 것을 알료샤에게 과시하고 싶었다. 그는 불쑥 말했다.

"하긴, 내가 수학과 자연과학을 존중하고 좋아하긴 하지요. 하지만 의학은 자연과학이 아니에요. 그건 사기예요. 일류샤를 살려내지도 못하잖아요. 저기, 카라마조프 씨, 당신 생각은 어떤가요?"

콜랴는 어쩐지 허둥대는 것 같았다.

"대답을 하지 않으시는군요. 하지만 나는 당신을 만나게 되어서 정말 기뻐요. 오래전부터 당신이 어떤 사람인지 알고 싶었거든요."

콜랴는 뭔가 더 격정적이고 자기과시적인 이야기를 하고 싶어 하면서도 왠지 움츠러드는 것 같았다. 알료샤는 그것을 알아채고 미소를 지으며 콜랴의 한 손을 꼭 잡아주었다. 콜랴가 계속 말했다.

"난 오래전부터 당신이 보기 드문 사람이라고 생각해왔어요. 당신이 수도원에 있었던 것도 알고 있고 당신이 신비주의자라는 것도 알고 있어요. 하지만…… 그래도 당신을 보고 싶었어요. 현실을 접촉하다 보면 당신도 치유될 수 있으니까……. 당신 같은 성격을 지닌 사람은 치유될 가능성이 있어요."

"신비주의라니? 무슨 뜻이지요? 그리고 내가 치유된다? 그건 무슨 말이지요?"

"뭐, 하느님이니 하는, 그런 것들이지요."

"그럼 당신은 하느님을 믿지 않는가요?"

"아니, 뭐, 하느님에 반대하고 싶지는 않아요. 물론 하느님은 가정에 불과하지만……. 하느님이 필요하다는 것은 인정하는데…… 그러니까 세계 질서를 위해서……. 만일 하느님이 없다면 하느님을 창안해내야 하긴 하겠지만…… 볼테르도 하느님을 믿지 않았지만 인류를 사랑했잖아요."

콜랴는 얼굴을 붉혔다. 자기가 지식 따위를 과시하려는 것 같다는 자의식이 들었던 것이다. 그러자 알료샤가 마치 손윗사람과 대화하는 것처럼 공손하게 조용히 말했다.

"볼테르는 하느님을 믿었지만 그다지 많이 믿은 것 같지는 않고, 그 때문에 인류도 그다지 많이 사랑한 것 같지는 않군요. 그렇지 않은가요?"

콜랴는 당황했다. 알료샤가 말한 내용 때문이 아니었다. 알료샤가 마치 자기가 말한 내용에 확신이 서지 않아, 콜랴의 의견을 묻는 것처럼 말했기 때문이었다.

"볼테르는 읽어보았나요?"

알료샤가 이어서 물었다.

"뭐, 다 읽은 건 아니고……."

콜랴는 당황해서 횡설수설하더니 불쑥 이렇게 말했다.

"나는 사회주의자입니다, 카라마조프 씨! 도저히 어쩔 수 없는 사회주의자입니다."

"사회주의자요?"

알료샤가 웃었다.

"언제 그럴 시간이 있었나요? 당신은 열세 살인 걸로 알고 있는데……."

콜랴는 주눅이 들었다.

"열세 살이 아니라 열네 살입니다. 게다가 나이가 무슨 상관이지요? 내 신념인데요."

"당신이 나이가 좀 더 들면 신념과 나이가 관계가 있다는 걸 알게 될 겁니다. 내 생각에 당신은 자기 생각이 아닌 걸 자기 생각인 양 말하는 것 같았거든요."

콜랴는 재빨리 알료샤의 말을 가로채더니 자기는 그리스도를 잘 안다, 그리스도가 지금 이곳에 왔으면 혁명가 대열에 합류했을 것이다, 자기는 여성해방은 절대로 찬성하지 않는다, 등등 한참 일장 연설을 늘어놓았다.

알료샤는 그의 이야기를 들으면서 피식 웃기도 하고 약간 슬픈 표정을 짓기도 했다.

"카라마조프 씨, 나를 경멸하는군요. 당신 표정을 보니 알겠어요."

"내가 당신을 경멸한다고요? 천만에……."

알료샤가 놀란 얼굴로 콜랴를 바라보며 말했다.

"내가 뭣 때문에? 다만 당신같이 좋은 자질을 가진 사람이 삶을 시작하기도 전에 그런 말도 안 되는 소리들에 오염된 게 슬플 뿐입니다."

"뭐, 내 자질 같은 건 신경 쓸 것 없어요. 하지만 당신이 꼭 비웃는 것 같아서……."

말은 그렇게 했지만 콜랴는 자기를 칭찬하는 말에 내심 기분이 좋았다.

알료샤가 말했다.

"당신은 천성적으로 좋은 사람이에요. 공연히 사람들이 자신을 비웃고 있다는 생각에 심술을 피울 뿐이지요. 요즘 재능 있는 사람들이 자기가 우습게 보일까봐 노심초사하는 경우가 많아요. 그게 불행의 시작이지요.

내가 놀라는 건 당신이 아직 어린 나이에 벌써 그런 걸 느끼고 있다는 점이에요. 그런 젊은이들이 이 나라에 정말 많아요. 그건 자존심이 아니라 광기예요. 악마가 자존심이라는 탈을 쓰고 나타나서 사람들 속으로 스며들어간 거지요. 당신도 그런 사람들과 비슷해요. 하지만 당신만은 그런 사람들처럼 되지 말아야 해요."

"다른 사람들은 다 그렇다 해도 말입니까?"

"그럼요. 다른 사람들이 모두 그렇게 된다면 더더욱 당신 하나만이라도 그렇게 되면 안 되지요. 그리고 실제로 당신은 남들과 달라요. 요즘 누가 당신처럼 그렇게 고백을 합니까?"

"오, 굉장해요! 정말 당신을 잘못 본 게 아니군요. 아, 우리는 친구가 될 거예요. 당신은 나를 당신과 동등하게 대해주었어요. 하지만 우리는 동등하지 않아요. 당신이 훨씬 더 높은 곳에 있어요. 우리는 정말 좋은 친구가 될 것 같아요."

잠시 후 의사가 다녀갔다. 의사는 일류샤가 가망이 없다고 말했다. 일류샤는 오히려 울먹이는 아버지를 달래주며 말했다.

"아빠, 울지 마……. 내가 죽으면 다른 아이를 얻으면 되잖아……. 그래도 아빠, 나를 잊으면 안 돼. 아빠, 우리 산책하러 다니던 큰 바위 옆에 묻어줘. 그리고 콜랴와 함께 자주 찾아와줘……. 내가 기다릴 거야, 아빠."

일류샤와 콜랴와 일류샤의 아버지 셋은 함께 부둥켜안았다. 사람들은 모두 눈물을 흘렸다.

"잘 있어, 영감. 점심때가 되었으니 엄마가 기다리실 거야."

콜랴가 포옹을 풀며 말했다. 그는 밖으로 뛰어나왔다. 정말 울고 싶은 마음은 없다고 생각했지만 그는 결국 울음을 터뜨리고 말았다. 뒤따라 나오다가 그 모습을 본 알료샤가 다가와 말했다.

"콜랴 군, 또 올 거지요? 일류샤가 기다릴 거예요."

"안녕히 계세요, 카라마조프 씨. 당신도 오실 거지요?"

콜랴가 왠지 날카로운 목소리로 물었다.

"저녁때 다시 올 겁니다."

알료샤가 조용한 목소리로 대답했다.

제2장

알료샤는 그루셴카의 집 쪽으로 향했다. 앞서 말한 대로 알료샤는 미챠가 체포된 뒤 두 달 동안 가끔 그루셴카의 집을 찾았다. 오늘 아침에도 그루셴카는 페냐를 알료샤에게 보내 부디 자기 집에 와달라고 간청했다. 페냐의 말로는 아가씨가 대단히 불안해하고 있다는 것이었다.

미챠가 체포된 후 그녀는 사흘 동안 몹시 앓더니 그 뒤로 5주 동안 자리에서 일어나지 못했다. 2주 전부터 그녀는 겨우 바깥출입을 할 수 있게 되었지만 그사이 그녀는 훨씬 더 야위고 창백해져 아예 모습 자체가 변한 것 같았다. 하지만 알료샤의 눈에 그녀는 더욱 보기 좋았고 그녀의 방에 들어설 때마다 그녀와 눈을 마주치는 것이 기분 좋았다. 그녀의 눈에는 사려 깊고 확고한 그 무엇이 뿌리내린 것 같았다. 그녀의 양미간에는 수직으로 작은 주름이 파여 있어 그 매력적인 얼굴에 거의 준엄하다고 할 정도로 생각이 깊다는 느낌을 부여하고 있었으며 이전의 경박한 모습은 어디에도 찾아볼 수 없었다. 한마디로 그녀에게 이제 돌이킬 수 없는 정신적인 변화가 그녀의 내면에 일어난 것 같았다.

하지만 그녀는 결코 젊음의 명랑함을 잃고 있지 않았다. 이전에 오만하던 눈이 한결 부드러워졌다는 것이 다를 뿐이었다. 다만 카테리나 이바노브나 생각을 할 때마다 증오의 불길이 언뜻 그 눈에 타오르긴 했지만……. 카테리나는 미챠가 수감된 뒤 단 한 번도 면회를 가지 않았지만 그루셴카는 한시도 그녀를 잊은 적이 없었고 그녀를 질투하고 있었다. 알료샤는 그 모든 것을 알고 있었다. 그리고 그녀가 자신만을 신뢰하고 있음도 알고 있었다. 하지만 그는 그녀에게 해줄 수 있는 말이 아무것도 없다는 사실 때문에 안타까워했다.

그는 그녀의 집 안으로 들어섰다. 방금 미챠를 면회하고 온 그녀는 소파에 앉아 있다가 그가 들어오자 자리에서 벌떡 일어났다. 그가 오기를 초조하게 기다리고 있었던 것이다. 실제로 그녀는 알료샤 외에는 그 누구도 만나지 않았다. 한 가지 더 덧붙이자면 그녀의 후원자였던 삼소노프 노인이 병상에서 앓다가 일주일 전에 세상을 떠났다. 따라서 그녀가 만날 사람도 더 이상 없는 셈이었다.

"어머, 드디어 왔네. 어서 앉아요. 얼마나 기다렸는데……. 커피 좀 드릴까요?"

"좋아요. 배고파 죽겠어요."

"페냐! 커피 가져와! 그리고 과자도! 글쎄, 오늘 이 과자 때문에 난리가 났다니까! 이 과자를 가지고 면회를 갔거든요. 그런데 글쎄, 과자를 던져버리더니 발로 뭉개버리는 거예요! '그래, 간수에게 맡겨놓을 테니 맘대로 해! 그게 먹기 싫으면 심술이나 먹고 살아!'라고 쏴준 후 와버렸어요. 우리는 매번 볼 때마다 싸운다니까."

그루셴카가 흥분해서 말했다.

"오늘은 무슨 일로 싸운 건데요?"

"아니, 생각해봐요! 내 그 '옛사람'을 질투한다니까요! '그 사람에게 왜 돈을 줬던 거야? 왜 그놈을 먹여 살리는 거야!'라며 난리를 피운다니까."

실상은 이러했다. 그 폴란드인은 그루셴카에게 편지를 보내 처음에는 2,000루블을 빌려달라고 했다. 그녀가 그 편지를 무시해버리자 그는 거의 매일 편지를 보냈다. 그러면서 빌려달라는 돈의 액수가 100루블, 20루블, 10루블로 점점 적어지더니 나중에는 겨우 1루블만이라도 빌려달라고 사정하면서 그들 두 명이 모두 서명한 차용증서까지 보내왔다. 그루셴카는 갑자기 불쌍하다는 생각이 들어 저녁에 그들을 찾아가보았다. 직접 보니 두 사람의 몰골이 말이 아니었다. 수중에 돈 한 푼도 없는 것은 물론이고 먹을 것도, 땔감도, 담배도 없었다. 그녀는 그들에게 10루블을 주고 왔다. 그리고 그녀는 미챠에게 그 이야기를 웃으며 해주었다. 미챠도 그냥 웃어넘겼다.

그런데 그 폴란드인은 그 뒤로 거의 매일 편지를 보내와 사정을 했고 그루셴카는 매일 조금씩 돈을 보내주었다.

"그런데 내가 바보같이 그 이야기를 미챠에게 해준 거예요. 내가 돈을 주려고 찾아가면 그 사람이 옛날처럼 기타를 치며 노래를 들려주었는데, 미챠에게 그 이야기도 한 거지요. 그랬더니 미챠가 내게 막 욕을 퍼붓고……. 정 그렇게 나오면 그 사람에게도 과자를 사서 보내줄 거야. 페냐, 그 폴란드인이 보낸 심부름꾼 여자애 아직 있니? 그 애에게 3루블하고 과자 10개 값을 줘! 알료샤, 당신이 이 이야기를 미챠에게 꼭 해줘야 해!"

"절대로 안 할 거예요."

알료샤가 웃으며 말했다.

"아니, 그 이야기를 해준다고 그가 괴로워할 줄 알고? 겉으로만 질투하는 척하는 거예요. 실제로 그 사람에게는 아무 상관도 없다니까!"

"뭐라고요? 질투하는 척한다고요?"

"이런 숙맥! 당신은 똑똑한 척하면서 정말 숙맥이라니까! 나는 그 사람이 나를 두고 질투해서 화가 난 게 아니에요. 나는 그 사람이 질투를 하면 오히려 행복해한다고! 내가 화가 나는 건, 그 사람이 나를 사랑하지도 않으면서 질투하는 척하기 때문이야! 내가 뭐, 눈이 먼 줄 알아? 그 사람이 갑자기 카치카(카테리나) 이야기를 하는 거야. 그녀가 모스크바에서 유명한 의사를 불러주었고, 페테르부르크에서 제일가는 변호사를 불러주었다는 거야. 내 눈앞에서 그런 이야기를 하는 걸 보면 그이는 그 여자를 사랑하는 거야! 자기가 잘못을 저질러놓고 내게 덮어씌우려고 질투하는 척하다니!"

그루셴카는 펑펑 눈물을 흘렸다.

"형은 카테리나 이바노브나를 사랑하지 않아요."

알료샤가 단호하게 말했다.

"그런지 아닌지는 내가 바로 알아낼 거야. 하지만 알료샤, 그

이야기는 그만해요. 그것 때문에 당신을 부른 게 아니야. 내일 어떻게 될까? 나 혼자만 걱정하는 것 같아. 내일 재판 날이잖아. 얘기 좀 해봐요……. 당신 생각에는…… 그래, 그 종놈 짓이야! 그런데 미챠가 벌을 받고…… 아무도 그이를 변호할 생각도 안 해! 스메르자코프는 그냥 내버려뒀다면서?"

"그도 엄중한 심문을 받았어요. 하지만 그가 범인이 아니라는 결론을 내렸어요. 그는 지금 앓아누워 있어요. 발작 이후로 계속 아파요. 지금도 심하게 앓고 있고……."

"오, 맙소사! 이봐요. 당신이 그 변호사를 찾아가서 이야기를 해보면 어때요? 3,000루블이나 주었다던데……."

"그래요. 이반 형과 카테리나 그리고 내가 합쳐서 돈을 마련한 거고요. 의사는 그녀 혼자 2,000루블을 들여서 모스크바에서 불러온 거예요. 이제 이 사건은 러시아 전역에서 유명한 사건이 되어버렸어요. 온 신문에서도 다 떠들고……."

"그런데 그 의사는 왜 불러온 거야?"

"정신과 전문의예요. 형에게 정신 감정을 받게 하려고. 정신이 나간 상태에서 저지른 짓으로 만들려는 거예요. 하지만 형이 절대로 동의하지 않고 있어요."

"그이가 정말 죽였다면 그 진단이 옳겠지! 나 때문에 정신이 나갔었으니까! 아, 난 정말 나쁜 년이야! 하지만 그이는 죽이지 않았어! 정말이야! 그런데 모두들 그이 짓이라고 하고 있어!"

"그래요, 불리한 증거가 너무 많아요!"

"그래, 그 그리고리 영감! 문이 열려 있었다고 바득바득 우기고 있어! 그를 보러 갔었는데 내게 막 욕을 해댔어."

"그의 증언이 형에게 가장 불리한 증언인 셈이에요."

"그런데, 알료샤, 나도 그이가 정말 정신이 어떻게 된 거나 아닌지 하는 생각이 들 때가 있어요. 내가 알아들을 수도 없는 이야기를 한참 늘어놓는 거야. 내가 무식하니까 못 알아듣는 거로구나 생각하고 있는데 갑자기 무슨 아기 이야기를 하더라고요. '나는 아기를 위해 시베리아로 가는 거다. 나는 아버지를 죽이지 않았다. 하지만 나는 시베리아로 가야 한다.' 뭐, 이런 이야기였어요. 도대체 그게 무슨 소리야? 아기는 또 무슨 아기고? 그런데 너무 감동적으로 이야기를 하는 바람에 나도 모르게 눈물이 나더라고. 그이는 내게 입을 맞추더니 성호를 그었어. 알료샤, 당신이 알면 말해줘요. 아기가 도대체 누굴 말하는 거야?"

알료샤가 대답 없이 그녀를 바라보자 그녀가 다시 말했다.

"어쩌면 당신 형 이반이 그이 속을 뒤흔들어놓아서 그런지도 몰라. 이반이 그이에게 다니면서 생긴 일이야."

알료샤는 놀란 듯 몸을 움찔했다.

"뭐라고요? 작은형이 큰형을 만났다고? 큰형은 내게 그런 이야기는 하지 않던데……."

"에이, 참…… 정말……. 나는 늘 이 모양이라니까! 또 헛말을 해버렸네."

그루셴카의 얼굴이 새빨개졌다. 그녀는 곤혹스러운 표정을 지었다.

"에이, 기왕 이리된 거 다 말하겠어. 이반이 두 번 그이를 만났대요. 모스크바에서 돌아온 직후 한 번 만났고, 두 번째는 일주일 전이었어. 이반이 미챠에게 이건 비밀이니까 당신은 물론이고 아무에게도 절대로 말하지 말라고 했대."

알료샤는 충격을 받은 듯 잠시 아무 말도 없었다.

"그런데 그 비밀이 뭘까? 알료샤, 그 비밀이 뭔지 알아내서 내게 말해줄 수 없어요? 아무리 생각해도 카테리나 일인 것 같아. 이반이 카테리나를 자주 찾아가는 걸 보면 그녀를 사랑하는 것 같다고 그이가 내게 말해주었거든. 난, 정말 모르겠어."

깊이 생각에 잠겨 있던 알료샤가 자리에서 일어나며 말했다.

"그루셴카, 큰형은 당신을 그 누구보다 사랑한다고 분명히 말할 수 있어요. 나를 믿어요. 나는 알고 있어요, 알고 있다니까. 나는 그 비밀이 뭔지 묻지는 않을 거예요. 하지만 그 비밀을 알게 되면 당신에게 꼭 알려주겠다고 약속해요. 내 짐작에 그 비밀은 카테리나와는 아무 관련이 없는 것 같아. 틀림없어요. 자, 이만 가볼게요. 안녕!"

알료샤는 그녀의 손을 잡았다. 그녀는 흐느끼고 있었다. 그녀를 그런 식으로 남겨놓고 떠나는 게 안쓰러웠지만 그녀의 곁을 떠나는 수밖에 없었다.

제3장

알료샤는 그길로 감옥으로 가서 초인종을 눌렀다. 이미 너무 늦은 시각이었지만 알료샤는 자기를 안으로 들여보내리라는 것을 알고 있었다. 경찰서장뿐 아니라 간수가 알료샤를 좋아했기에 그가 찾아오면 언제고 들여보내주었다.

알료샤는 면회실로 들어갔다. 그런데 알료샤는 마침 미챠를 면회하고 돌아가는 라키틴과 마주쳤다. 미챠는 큰 소리로 웃고 있었지만 라키틴은 뭐가 불만인지 투덜거리고 있었다. 라키틴은 요즘 알료샤를 만나도 아는 척조차 하지 않았다. 그는 알료샤를 보자 코트 단추를 채우는 척 시선을 돌렸고 이어서 우산을 찾기 시작했다. 그러고는 서둘러 면회실에서 나갔다.

미챠는 알료샤를 보자 말했다.

"너희들, 서로 본 척도 않는구나. 둘이 싸운 거냐? 그나저나 너, 왜 이렇게 늦게 왔니? 목이 빠지게 기다렸는데……. 하긴 별 상관없지……."

"형, 재, 왜 저렇게 자주 찾아오는 거야? 둘이 친해진 거야?"

"내가 저놈하고? 그럴 리가 있냐. 저런 돼지 같은 놈하고! 저런 놈은 내 농담도 이해를 못 해. 저런 놈들 영혼은 그저 납작하고 메말라 있어. 내가 이 감옥 벽을 처음 보았을 때 느낌하고 똑같아. 하지만 똑똑하긴 하단 말이야. 아아, 이제 다 끝장나고 말았어!"

알료샤는 의자에 앉으며 조심스럽게 말했다.

"형, 내일이 재판 날이잖아. 형, 이제 다 포기한 거야?"

"무슨 얘기를 하는 거니? 재판? 제길! 그런 바보 같은 이야기는 그만하자! 중요한 건 그게 아니야. 내가 끝장났다고 하는 건 그게 아니야. 내 머리가 이상해졌다는 이야기야. 나는 내 머릿속에 들어 있는 게 무섭다니까."

"형, 무슨 얘기를 하는 거야?"

"사상! 사상 말이다! 에티카(윤리학)! 그거 무슨 학문이라며? 라키틴 같은 놈이 그런 말을 한단 말이야! 녀석은 나에 대한 글을 써서 이름을 얻어보려 하고 있어. '그는 살인을 저지를 수밖에 없었다. 환경의 영향 때문이다.' 뭐, 이런 걸 쓰겠다나."

"그런데 왜 형이 끝장났다는 거야?"

"내가 왜 끝장났느냐……. 에, 그러니까…… 크게 보자면…… 하느님이 불쌍해. 그게 이유야."

"뭐야? 하느님이 불쌍하다니!"

"생각해봐. 모든 게 신경의 문제, 머리의 문제, 그러니까 정신의 문제인데…… 거기 섬유들이 있어서…… 그게 떨리자마자…… 얼마 있다가…… 그러니까 무슨 이미지가…… 무슨 물체가 나타나는 거고…… 이어서 곰곰 생각에 잠기게 되고, 에, 이어서 무슨 사상 같은 게 나타나는 거야. 떨리는 건 신경 섬유들이고 영혼은 없어. 자신의 형상을 본떠서 인간을 창조해? 무슨 바보 같은 소리! 이건 내 생각이 아니냐. 어제 라키틴이 설명해준 거야. 불에 덴 것 같았어. 학문이란 건 멋지지 않니, 알료샤! 하지만 하느님이 불쌍해."

"그건 좋은 거네."

"하느님이 불쌍하다는 거? 알료샤, 화학, 화학이란 말이다! 우리 신부님, 댁과는 상관없는 거지요. 자, 화학이 납신다, 길을 비켜라! 라키틴, 그놈은 하느님을 사랑하지 않아. 정말로 사랑하지 않아! 그게 놈의 약점이야. 놈과 비슷한 놈들은 그걸 숨기고 있어. 놈들은 거짓말을 하고 있어. 내가 놈에게 물었어. '그래, 하느님이 없다면, 불멸이 없다면, 인간은 어떻게 되는 거지? 그러면 모든 것이 허용된다는 건가? 무슨 짓이든 할 수 있다는 건가?' 놈이 웃으며 내게 말하더군. '아니, 그걸 몰랐단 말입니까? 똑똑한 사람에게는 모든 게 허용되는 법이지요. 똑똑한 사람은 어떤 난관에서도 벗어날 수 있지요. 하지만 당신은 살인을 저지르고 걸려들어 지푸라기 위에서 썩고 있지요'라고. 그 돼지 같은 놈이 내게 그렇게 말했다고! 예전 같으면 그런 놈들은 문전에서 쫓아냈을 거야. 그런데 지금은 그런 놈들 말에 귀를 기울이고 있다고! 내가!"

미챠는 근심에 찬 표정으로 방을 거닐었다.

"형, 나 오래 있을 수 없어. 내일은 형에게 끔찍한 날이 될 거야. 하느님의 심판이 내려질 테니……. 그런데 놀랍게도 형은 알아듣지도 못할 이야기만 하고 있어."

"아냐, 놀랄 것 없다. 아니, 우리가 그 살인 이야기를, 그 더러운 개 같은 놈 이야기를 해야겠니? 그 얘기라면 신물이 나도록 했잖아. 이제 그 스메르쟈코프 놈 이야기는 제발 그만하자. 두고 봐. 하느님이 알아서 심판해주실 거야."

미챠는 알료샤를 뜨겁게 포옹했다.

"알료샤, 라키틴 같은 놈은 이해를 못 해도 너는 이해할 거다. 그래서 너를 이토록 애타게 기다린 거야. 알료샤, 나는 최근에 내 속에서 또 다른 인간을 느꼈어. 나는 부활한 거야. 이런 벼락을 맞지 않았다면 절대로 나타나지 않았을 거야. 탄광에서 몇십 년간 석탄을 캐게 된다 해도 조금도 두렵지 않아. 내가 두려운 건 이 부활한 사람이 나를 떠나면 어쩌지 하는 거야. 나는 아버지를 죽이지 않았어. 하지만 나는 가야 해. 나는 받아들여야 해. 나는 꿈에서 '아기'를 봐. 왜 '아기'가 가난한 거지? 그래, 그 '아기'를 위해 가겠어. 우리 모두 '아기' 앞에서는 죄인이니까. 누구든 한 명은 모두를 대신해서 가야 하잖아. 나는 이제 알아. 사람들은 바로 그 고통에 의해 기쁨으로 부활한다는 것을! 사람은 하느님이 그분의 특권으로 우리에게 주신 선물인 그 기쁨 없이는 살아갈 수 없어. 오, 인간은 기도 속에 녹아들어야 해. 저 지하에 하느님이 안 계신다면 내가 어떻게 되겠어? 이 땅에서 하느님을 몰아낸다면 우리는 하느님을 땅속에 보호해야지. 감옥에서는 하느님 없이는 살아갈 수 없어. 바깥에 있을 때보다 하느님이 더 필요해! 그때 우리처럼 지하에 갇힌 사람들은 바로 그곳에서 영광스러운 하느님을 향한 찬송가를 부를 거야! 하느님께 기쁨이 있으니, 오, 하느님 만세! 하느님의 기쁨 만세! 저는 하느님을 사랑하옵니다!"

미챠는 거친 연설을 하면서 얼굴이 창백해졌고 입술이 떨렸으며 눈에서는 눈물이 샘솟았다. 그는 거의 숨을 헐떡이며 말을 계속했다.

"그래, 삶은 충만해! 저 지하에서도 삶은 아름다운 거야! 알료샤, 내가 얼마나 살고 싶어 미치겠는지 넌 모르겠지? 이 헐벗은 담장 안에 있으면서도 얼마나 강렬하게 살고 싶다는 욕구가 치솟는지 모르겠지? 고통 따위가 뭔 대수야? 제아무리 수없이 많은 고통이 닥쳐오더라도 나는 모든 고통을 이겨낼 힘이 충분한 것처럼 느껴져. 매 순간 스스로에게 '나는 존재한다. 그 어떤 학대를 받더라도 나는 존재한다'라고 외칠 수만 있다면 말이야. 나는 해를 볼 수 없지만 그것이 빛나고 있다는 걸 알아. 그런데 나의 천사, 알료샤야! 철학들이 나를 죽이려 하고 있어! 망할 놈의 철학들! 이반이 말이다……."

"응? 이반 형이?"

알료샤가 되물었지만 미챠는 듣지 못했다.

"그래, 전에는 내게 이런 따위의 의혹은 들어본 적이 없어. 내 속에 숨어 있었던 거야. 내가 술을 퍼마시고 분노하고 싸움질을 한 건, 그걸 피하려 그랬던 것 같아. 그걸 가라앉히고 없애려 그랬던 건지도 몰라. 이반은 라키틴과는 달라. 걔는 자기 생각을 감추고 있어. 걔는 스핑크스 같아. 늘 입을 다물고 있어. 오, 하느님, 오직 하느님에 대한 생각만으로 나는 괴로워하고 있어. 하느님이 없다면 도대체 우리의 운명은 어떻게 된다는 거지? 라키틴 말대로 하느님이 순전히 우리의 상상의 소산이라면 도대체 어떻게 할 거지? 그래, 인간이 이 땅의 주인이 된다는 거야? 다 좋다고 쳐. 도대체 하느님이 없다면 인간이 어떻게 착할 수 있다는 거지? 어떻게 살아갈 수 있다는 거야? 어디에 대고 찬양을 해야 하지?

라키틴은 하느님 없이도 인간을 사랑할 수 있다고 하더군. 그걸 확신하다니, 정말 코흘리개 같은 놈이야! 그런 놈에게 삶은 없어. 나는 오늘 녀석에게 천정부지로 치솟는 쇠고깃값을 잡으려면 어떻게 해야 하는지, 그런 거나 걱정하라고 말해줬어. 화를 내더군. 라키틴 같은 놈은 나를 붙잡고 몇 시간이나 성가시게 하지만 이반은 말이 없어. 아무리 물어도 대답을 안 해. 한데 딱 한 번 대답을 해준 적이 있어."

"뭘 물었는데?"

"인간에게 모든 것이 허용된다는 게 무슨 뜻이냐고 물었어. 그랬더니 눈살을 쫙 찌푸리면서 말하더라. 우리 아버지 표도르 파블로비치가 비록 돼지 같은 인간이었지만 정신은 올바른 사람이었다고 하더군. 그게 전부야."

"작은형이 언제 왔다 간 거야?"

"그건 나중에 이야기하자. 내가 지금까지 이반 이야기는 네게 한 마디도 해주지 않았지? 네게 알려주고는 싶었는데……. 선고 이후에 말하려고 했어. 무서운 일이라서……. 한번 네가 판단해봐. 지금 네게 말해줘야 할 것 같아서……. 너, 방금 전에 '내일' 일을 궁금해했지? 너, 믿을 수 없겠지만 나는 그 생각은 조금도 하지 않아."

"변호사랑은 이야기해봤어?"

"변호사! 아주 닳고 닳은 놈이지. 수도에서 놀던 놈이니까. 내가 다 이야기해줬어. 하지만 내 말을 믿지 않아. 내가 죽였다고 믿고 있다니까……. 의사도 왔더라. 나를 미친놈으로 만들지 못해 안달이지. 그건 절대로 용납할 수 없어! 카테리나는 그렇게 해주는 게 자기 의무라고 생각하나봐. 그리고리는 여전히 고집을 부리고 있어. 그 정직한 바보! 바보라서 정직한 사람이 좀 많은가! 이건 라키틴 말이야. 어쨌든 나는 내가 할 말만 할 거야. 하지만 그루셴카를 어쩌지? 그녀가 무엇 때문에 이런 고통을 겪어야 하는 거지?"

미챠는 그 말을 하면서 눈물을 흘렸다.

"아, 그녀 생각만 하면 죽을 것 같아. 조금 전에도 왔다 갔어."

"나도 들었어. 형 때문에 무척이나 슬퍼하던데."

"알아. 도무지 나는 성격이 왜 이 모양인지! 질투를 막 보여줬으니! 그러고도 용서를 빌지도 않았어."

"왜?"

미챠는 즐거운 듯 웃었다.

"어휴, 이런 귀여운 꼬마 녀석! 하느님이 보우하사! 여자에겐 용서를 빌면 안 되는 법이야! 특히 사랑하는 여자에게는! 용서를 빌면 용서해줄 것 같아? 아니야, 있던 일 없던 일 미주알고주알 다 캐내려들걸. 여자들에게는 그런 흡혈귀 같은 속성이 있어. 그래도 우리는 여자 없이는 못 산다니까! 남자는 여자 궁둥이 밑에 깔려 살게 되어 있어. 그런다고 위신이 깎이는 게 아니야. 하지만 아무리 그렇더라도 절대로 용서를 빌지는 마. 알료샤, 나는 그녀를 숭배해. 그런데 그녀만 그걸 볼 줄 몰라. 그러고는 내 사랑이 부족하다고 난리야! 그녀를 통해서 나도 사람이 된 건데! 아, 내가 그녀와 결혼할 수 있을까? 안 그러면 난 질투에 사로잡혀 죽고 말 거야. 그래, 그녀가 뭐라고 하던?"

알료샤는 그녀가 한 이야기를 모두 들려주었다.

"아, 그러니까 내가 질투를 한다고 화를 낸 건 아니란 말이지? 정말 어쩔 수 없는 여자야! 자기가 질투를 한다고 말했단 말이지? 오, 정말 그녀와 결혼할 수 있을까? 죄수들도 결혼할 수 있을까? 바로 그게 문제야. 분명한 건 그녀 없이는 내가 살아갈 수 없다는 사실이야. 한데, 그녀 입에서 비밀이라는 단어가 나왔단 말이지? 그리고 그 일에 카테리나도 개입되어 있다고 믿는단 말이지? 이보쇼, 그루셴카, 당신 헛다리 짚은 거야. 알료샤, 그 비밀이 뭔지 말해줄게."

미챠는 옆을 흘낏 살펴보더니 알료샤에게 가까이 다가가 아무도 듣는 사람이 없건만 아주 낮은 목소리로 속삭였다. 간수는 구석 의자에서 졸고 있었고 보초 병사는 저 멀리 말소리가 들리지 않는 곳에 떨어져 있었다.

"네 의견을 듣고 싶어. 나중에 말하려 했지만 너 없이 내가 뭘 할 수 있겠니? 이반이 우리보다 뛰어나다고들 하지만 이 경우는 네가 더 나아. 사실 네가 이반보다 뛰어난지 알 게 뭐야. 게다가 양심의 문제에 관한 한 네 충고 없이는 결정할 수 없어. 하지만 선고가 내려지기 전까지는 네 의견을 말하지 마. 질문도 하지 말고 그냥 들어봐. 이반이 내게 탈출을 권하고 있어. 그루셴카와 함께 아메리카로 가라는 거야. 이반 말이 러시아에서 죄수는 결혼할 수 없대. 그루셴카 없이 사느니 차라리 벽에 머리를 박아버리겠어. 하지만 양심은 어떡하지? 그건 벌을 피하는 거 아니야? 내게 정화(淨化)의 길이 훤히 열렸는데 거기서 벗어나는 거 아니야? 이반은 선한 의지만 갖고 있으면 아메리카에서도 지하에서만큼 좋은 일을 많이 할 수 있다고 했어. 하지만 지하 찬송가는 어떻게 되는 거지? 도대체 아메리카가 뭐야? 거기도 속세잖아! 그래 그곳에 가기 위해 십자가로부터 도망간다는 거야? 이반은 내 찬송가를 비웃고 있어……. 오, 알료샤, 너 벌써 결정을 내렸구나. 하지만 말하지 말아줘. 재판이 끝날 때까지 기다려줘. 나는 그루셴카 없이는 살 수 없어."

알료샤는 놀라서 미챠의 이야기를 듣고 있었고, 크게 감동을 받았다.

"형, 하나만 말해줘. 이반 형이 고집스럽게 주장하고 있어? 누가 이런 생각을 먼저 한 거야?"

"이반이야. 고집부리고 있어. 권하는 게 아니라 숫제 명령하고 있어. 방금 너에게처럼 속을 다 털어놓고 찬송가 이야기도 했지만 막무가내야. 모든 준비가 되어 있고, 모든 게 해결되었다고 했어. 문제는 돈이잖아. 이반이 탈출 비용으로 1만 루블, 아메리카로 가는 비용으로 2만 루블을 내게 주겠다고 했어."

“이반 형이 내게는 말하지 말라고 했다는 거지?”

“맞아. 내게 양심의 길을 권할까봐 두려운 거야. 내가 이런 이야기 네게 해줬다는 걸 이반에게는 말하지 마! 절대로 말하면 안 돼!”

“형 말이 맞아. 재판 전에는 아무 결정도 할 수 없어. 재판이 끝난 다음에 형 스스로 결정해. 형이 형 내부에서 새로운 사람을 발견하게 될 거야. 그 사람 결정대로 하면 돼. 그런데 형, 형은 정말 법정에서 형 자신을 변호하는 말을 안 할 거야?”

미챠는 고개를 가로저었다. 그가 갑자기 말했다.

“알료샤, 갈 시간이 되었다. 나를 안아주고 성호를 그어주렴.”

그들은 포옹하고 입을 맞추었다. 그런데 미챠가 갑자기 나지막이 말했다.

“이반은 말이다, 나보고 탈출하라면서도 내가 아버지를 죽였다고 믿고 있어.”

“형이 물어봤어?”

“아니. 물어볼 수 없었어. 하지만 걔 눈빛을 보면 확실히 알 수 있어.”

둘은 다시 포옹했다. 알료샤는 면회실 밖으로 나가려 했다. 그러자 미챠가 그의 어깨를 꽉 붙잡았다. 얼굴이 무서울 정도로 창백했고 입술이 떨리고 있었다.

"알료샤, 하느님께 맹세하고 똑바로 말해줘. 너는 내가 죽였다고 믿고 있니? 거짓말하지 말고 진심을 말해줘!"

알료샤는 온몸의 맥이 다 풀리는 것 같았다.

"형, 무슨 말을……."

"진심을 말해줘! 진심을! 거짓말 말고!"

"형이 살인자라는 생각은 단 한 순간도 해본 적이 없어."

알료샤가 떨리는 목소리로 말했다. 그는 마치 하느님을 증인으로 내세우는 듯 오른손을 위로 쳐들었다. 미챠의 얼굴이 환희로 환하게 밝아졌다.

"고맙다."

미챠는 마치 기절했다가 깨어나 첫 숨을 내쉬듯 길게 숨을 내쉬며 말했다.

"방금 네가 나를 구해주었어. 네게 이걸 묻는 게 얼마나 두려웠는지 모르지? 자, 이제 가봐. 하느님의 축복을! 이반을 사랑해라!"

그의 입에서 불쑥 그 말이 튀어나왔다.

알료샤는 눈물범벅이 되어 교도소에서 나왔다. 오, 형이 저토록 절망하고 있다니! 오, 나까지 완전히 믿지 못하다니! 알료샤는 더없이 깊은 연민에 사로잡혔다.

"이반을 사랑해라!"

미챠가 한 말이 갑자기 떠올랐다. 알료샤는 마침 이반에게 가려던 참이었다. 알료샤는 미챠 못지않게 이반이 걱정이었다. 그리고 지금은 그 어느 때보다도 걱정의 도가 심했다.

제4장

이반에게 가려면 카테리나 이바노브나의 집 앞을 지나야만 했다. 창문에 불빛이 비치자 그는 갑자기 카테리나에게 들러봐야겠다고 생각했다. 어쩐지 이반이 그 집에 있을 것 같다는 생각이 들었던 것이다. 그는 초인종을 누른 뒤 계단을 올라가기 시작했다. 그런데 누군가가 계단을 내려오는 모습이 희미하게 보였다. 바로 이반이었다.

"아, 너로구나. 카테리나를 만나러 가는 거니?"

알료샤는 건성으로 "응"이라고 대답했다.

"안 보는 게 좋을 거다. 지금 흥분해 있거든. 너를 보면 더 심란해할 거다."

"아니에요!"

위에서 문이 열리더니 카테리나의 외침이 들렸다.

"알렉세이 표도로비치, 그이를 만나고 오는 길인가요?"

"예, 그렇습니다."

"그이가 제게 보내던가요? 어서 올라와요. 이반, 당신도 들어와!"

단호한 명령조였기에 이반도 마지못해 알료샤와 함께 다시 계단을 올라 안으로 들어섰다.

알료샤는 의자에 앉았고 이반은 지금이라도 금세 밖으로 나갈 것 같은 자세로 서 있었다. 알료샤가 의자에 앉자마자 그녀가 물었다. 이반 말대로 흥분해 있었다.

"그이가 뭐라고 해요? 제게 전하라는 말은 없었어요?"

"그냥, 당신 걱정만 했어요."

"아, 정말 그 사람이 살인자야? 정말 그 사람이 죽인 거야?"

그녀가 갑자기 이반을 향해 물었다. 알료샤는 자기가 도착하기 직전에 카테리나가 이반 형에게 그런 질문을 했고 그 때문에 말다툼을 했다는 것을 알 수 있었다.

그녀가 계속 말을 이었다.

"나는 스메르쟈코프를 보러 갔었어. 당신이 나한테 드미트리가 아버지를 죽였다고 주장했잖아. 나는 그저 당신 말만 믿었을 뿐이야!"

이반은 억지웃음을 지었다. 알료샤는 카테리나가 이반에게 반말을 하는 것을 보고 움칠했다. 그들이 이렇게 가까운 사이리라고는 짐작하지 못했던 것이다.

"그만 됐어. 난 이제 가 보겠어. 내일 다시 오지."

이반이 딱 잘라 말하더니 밖으로 나갔다.

그러자 카테리나가 알료샤의 두 손을 잡고 말했다.

"그를 따라가요! 가서 만나요! 한시도 혼자 내버려두지 말아요! 그는 미쳤어요! 그가 미친 걸 몰랐지요? 의사가 내게 말해줬어요. 어서, 빨리……!"

알료샤는 벌떡 일어나 밖으로 뛰쳐나갔다. 이반은 미처 50보도 가지 못한 상태였다.

"넌 또 왜?"

이반이 알료샤를 향해 몸을 돌리며 말했다.

"나를 따라가라고, 내가 미쳤다고 그녀가 말했지? 안 봐도 알아!"

"그녀가 잘못 안 걸 거야. 하지만 형이 아픈 건 확실해. 형, 형의 얼굴이 말이 아니야."

"너한테 해줄 말은 아무것도 없어."

둘은 말없이 1분가량 나란히 걸었다. 이윽고 이반이 입을 열었다.

"그녀는 밤새 성모 마리아에게 기도할 거야. 내일 법정에서 어떻게 하면 좋을지 가르쳐달라고……."

"형, 카테리나 이야기를 하는 거야?"

"맞아. 그녀는 아직 미챠를 구해야 할지 아니면 버려야 할지 결정을 못 하고 있어."

"형, 카테리나는 형을 사랑해."

알료샤가 슬픈 듯 말했다.

"그럴 수도 있겠지. 하지만 나는 관심 없어."

"그녀는 고통받고 있어……. 그런데 왜, 형은…… 그녀에게…… 희망을 줄 수 있는 이야기를 안 해주는 거야?"

"나는 의당 해야 할 일을 할 수 없는 처지야! 단도직입적으로 그녀에게 본심을 털어놓을 입장이 아니라고!"

이반이 약간 짜증을 내며 말했다.

"살인자에게 선고가 내려질 때까지 기다려야 해. 지금 내가 그녀와 관계를 끊으면 내일 당장 복수심에 그 망나니를 파멸시킬 거야. 그녀는 그놈을 증오하고 있어. 그놈도 그걸 잘 알고 있고……. 이 모든 건 다 거짓이야, 거짓! 그녀가 희망을 지니고 있는 한 그녀는 그 '악당'을 버리지 않을 거야. 내가 놈을 구해주려는 걸 알고 있으니까. 그러니 그 저주받은 선고가 내려질 때까지 기다려야 해!"

'살인자' '망나니' '그놈' '악당'이라는 이반의 표현에 알료샤의 가슴이 쓰려왔다.

"그런데, 그녀가 어떻게 큰형을 파멸시킬 수 있다는 거지?"

"아직도 모르니? 그녀 손에 서류가 있어. 미챠가 쓴 건데 그가 아버지를 죽였다는 걸 증명해주는 '물적 증거'야."

"그럴 리가!"

알료샤가 소리쳤다.

"그런 서류가 있을 리 없어! 큰형이 아버지를 죽이지 않았는데! 형이 죽인 게 아니야!"

이반이 걸음을 멈추었다.

"그럼 누가 죽였다는 거지?"

이반이 차갑게 물었다.

"누가 죽였는지는 형도 알고 있잖아."

알료샤가 조용히 가슴을 파고드는 듯한 어조로 말했다.

"그게 누군데? 아, 그래, 그 병신 같은 간질 환자 스메르쟈코프를 말하는 거냐?"

알료샤는 몸을 부르르 떨었다.

"누구인지는 형 자신이 잘 알고 있잖아."

알료샤가 숨이 막히는 듯 겨우 입을 열어 말했다.

"누구야! 도대체 누구라는 거야!"

이반이 격노해서 소리쳤다. 그의 자제력이 사라져버렸다.

"내가 아는 건 한 가지뿐이야."

알료샤가 낮게 말했다.

"아버지를 죽인 건 작은형이 아니라는 사실."

"내가 아니라니! 내가 아니란 게 대체 무슨 소리야!"

이반이 벼락이라도 맞은 듯 화들짝 놀랐다.

"아버지를 죽인 건 형이 아니야. 형이 아니라고."

알료샤가 확고한 어조로 다시 말했다.

둘 사이에 잠시 침묵이 흘렀다.

"내가 아니란 건 나도 잘 알고 있어. 대체 무슨 헛소리를 하는 거냐?"

이반은 알료샤를 빤히 쳐다보았다. 둘은 가로등 불빛을 받고 서 있었다.

"아니야, 형. 형 자신이 스스로 살인자라고 말했잖아."

"내가? 언제……? 난 모스크바에 있었는데……. 내가 언제 그런 말을……."

이반이 마치 넋이라도 나간 듯 중얼거렸다.

"형은 이 끔찍한 두 달 동안 혼자 있을 때마다 그 이야기를 해왔어."

알료샤는 여전히 또박또박 말했다. 마치 자신도 모르게, 그 무슨 알 수 없는 힘에 이끌려 이야기하는 것 같았다.

"형은 스스로를 비난했어. 살인자는 다름 아닌 형 자신이라고 말했어. 하지만 잘못 생각한 거야. 형이 아니야. 형, 듣고 있어? 형이 아니라고! 형에게 이 말을 하라고 하느님이 나를 보내신 거야!"

둘은 꽤 오랫동안 아무 말도 없었다. 둘 다 창백한 얼굴로 상대방을 바라보았다. 이반이 갑자기 몸을 부르르 떨면서 알료샤의 어깨를 꽉 잡았다.

"너, 내 집에 왔었지?"

이반이 얼굴이 일그러진 채 낮은 목소리로 말했다.

"그놈이 왔을 때 내 집에 왔던 거지? 말해봐! 그놈을 봤지……? 그놈을 봤지……?"

"누구 말을 하는 거야? 미챠 형?"

"아니! 제발 그 짐승 이야기는 그만해!"

이반이 울부짖듯 말했다.

"너, 정말로 그놈이 내 집에 왔던 걸 모르는 거야? 전에 내 집에서 그놈을 봤지? 말해!"

"그놈이라니? 누구? 형이 무슨 말을 하는지 모르겠어."

알료샤가 겁에 질려 중얼거렸다.

"넌 알고 있어! 알고 있다고! 아니라면…… 어떻게……? 네가 모를 리가 없어!"

그는 말을 멈추고 잠시 생각에 잠겼다. 그의 입술에 야릇한 미소가 떠올랐다.

"형!"

알료샤가 떨리는 목소리로 말했다.

"형, 나는 형이 나를 믿을 걸 알고, 내 삶 전부를 걸고 형에게 그 말을 한 거야. 형이 아니라는 말을. 알겠어? 내 삶 전부를 건 거라니까. 하느님이 형에게 그 말을 하라고 나를 보내신 거야. 설령 그 말 때문에 이 순간부터 우리 둘이 서로 증오하며 갈라설지라도……."

이반은 완전히 자제력을 되찾은 것 같았다. 그가 냉소를 띠며 말했다.

"알렉세이 표도로비치! 나는 예언자나 간질 환자를 좋아하지 않소이다. 하느님의 사자는 더더욱 그렇소이다. 댁도 그걸 잘 알고 있잖소. 이제부터 우리들 관계는 끝장났소이다. 아마도 영원히! 자, 이제 그만 사라져주시겠소? 특히 오늘 나를 절대로 찾아오시지 말길! 알겠소?"

이반은 등을 돌린 뒤 뒤도 돌아보지 않고 사라졌다. 알료샤는 그가 어둠 속으로 완전히 사라질 때까지 그 자리에 그대로 서 있었다.

제5장

이반은 더 이상 텅 비어버린 아버지의 집에 살기 싫어서 그곳에서 상당히 멀리 떨어진 곳, 한 부유한 미망인의 집에 세 들어 지내고 있었다. 하지만 그의 발걸음은 자기 집으로 향하지 않았다. 그는 자기 집에서 2킬로미터 정도 떨어진 어느 초라한 집을 향해 발걸음을 옮겼다. 그 초라한 집에는 표도르 파블로비치의 옆집에 살던 마리야 콘드라치예브나가 어머니와 함께 살고 있었다. 스메르자코프와 밀회를 하던 바로 그 처녀였다. 심하게 앓고 있는 스메르쟈코프는 그곳에서 함께 지내고 있었다. 이반은 불현듯 그를 만나야겠다는 생각에 그곳으로 발길을 옮긴 것이다.

이반이 모스크바에서 돌아온 후 이번이 스메르쟈코프와의 세 번째 만남이었다. 그는 아버지가 죽은 지 닷새가 지나서야 돌아왔기에 장례식에만 겨우 참석할 수 있었다. 아버지의 사망 소식을 늦게야 접했기 때문이었다. 알료샤를 만난 그는 알료샤가 미챠를 조금도 의심하지 않고 곧장 스메르쟈코프를 살인자로 지목하는 것을 보고 깜짝 놀랐다. 그는 경찰을 찾아가 세부 사항을 알아본 후 형제 사이의 애정 때문에 알료샤의 눈이 흐려졌을 뿐이라고 생각했다. 그는 미챠가 범인이라고 확신하고 있었다. 그리고 그 생각은 모스크바로 온 바로 그날 미챠를 만난 뒤 더욱 굳어졌다.

이반은 미챠를 거의 증오하다시피 싫어했지만 그 때문에 그를 범인으로 확신한 것은 아니다. 미챠는 거의 횡설수설 수준의 말만 늘어놓았을 뿐 아니라 자기에게 불리한 증언과 증거들에 대해 아무런 이의도 제기하지 않았다. 이반은 물론이고 그 누구 앞에서도 자신의 누명을 벗고 싶은 생각이 없는 것처럼 굴었으며 자신의 혐의 내용에 대해서는 그저 비웃거나 욕설을 해댈 뿐이었다. 게다가 미챠는 이반을 향해 '모든 게 허용된다'라고 주장하는 놈들에게는 자신을 의심하거나 물어볼 자격도 없다고 매몰차게 말했다.

미챠를 만난 후 이반은 곧장 병실에 누워 있는 스메르자코프를 찾아갔다. 의사들은 그가 아주 심한 간질을 앓고 있는 것이 사실이라고 확실히 말했으며, 이반이 그들에게 "그 일이 있던 날, 혹시 발작이 일어난 척한 게 아닐까요?"라고 묻자 놀라기까지 했다. 의사들은 그 발작이 예사롭지 않은 것으로서 목숨까지 위태로운 상태까지 갔었지만 이제는 거의 회복이 되었다고 말했다.

스메르자코프는 이반을 보자 이를 드러내며 웃었지만 어딘가 겁에 질린 듯했다. 적어도 이반에게는 그렇게 보였다. 하지만 그런 모습은 오래가지 않았다. 처음에만 그런 반응을 보였을 뿐 이반을 만나는 내내 스메르자코프는 너무나 평온했다. 이반은 그의 병이 중증이라는 것을 확인할 수 있었다. 바싹 마른 몸에 몹시 허약해져 있었으며 혀도 간신히 놀릴 정도였다.

이반이 그에게 물었다.

"어때, 이야기를 나눌 수 있겠어? 내가 너무 피곤하게 만드는 거 아닌가?"

"할 수 있다마다요. 오신 지 오래되셨나요?"

"방금 도착한 참이야."

스메르자코프는 한숨을 내쉬었다.

"왜 한숨을 쉬는 거냐? 네가 다 예상했던 일 아니냐?"

"예견하기 어렵지는 않았지요."

스메르쟈코프가 잠시 뜸을 들이더니 말했다.

"하지만 일이 이런 식으로 벌어지게 될 줄이야 어떻게 알았겠습니까?"

"이런 식이라니? 내 앞에서 잔머리 굴리지 마. 네놈은 네놈이 발작을 일으키리라는 걸 어떻게 미리 알았지? 그것도 지하 창고에서? 간질 발작은 갑자기 찾아온다는 걸 나는 알고 있어. 그런데 어떻게 날짜와 시간, 게다가 장소까지 예견할 수 있었던 거지?"

"어휴, 지하 창고야 늘 드나들던 곳이니 거기서 발작을 일으킬 수 있잖습니까? 정확한 시간은 모르더라도 예감은 할 수 있는 거고요. 도련님, 그런 쓸데없는 것 신경 쓰지 마시고 의사에게 가서 물어보십시오. 제가 진짜로 발작을 일으켰는지 아닌지. 도련님은 도련님과 저와 나눈 그 대화를 의심하시는데, 저는 그 내용을 모두 예심판사와 검사 앞에 진술했습니다요."

이반은 스메르쟈코프의 말에 당황하고 말았다. 둘이 나눈 대화 내용으로 놈을 위협해서 입을 열게 만들겠다고 작정했는데 이미 다 진술했다니!

"아니, 모든 걸 이야기했다는 거냐?"

"제가 겁날 게 뭐 있나요? 그들이 이미 진실을 다 알고서 묻는데요."

"그렇다면 간질 발작이 난 척할 수도 있다는 말도 했느냐?"

"그 말은 안 했습니다요."

"자, 이제 똑똑히 말해봐라. 내가 이곳을 떠날 때 너는 왜 나를 체르마쉬냐로 보내려 했느냐?"

"모스크바로 가신다고 하시기에…… 체르마쉬냐가 더 가깝지 않습니까? 무슨 일이 생길 것만 같아서 아버님을 보호하실 수 있도록 한 거지요. 사실 저는 드미트리 도련님이 3,000루블만 살짝 훔쳐갈 줄 알았지, 아버님을 그렇게 죽여버릴 줄은 짐작도 못 했습니다요. 어쨌든 저는 그 정도 말씀드리면 도련님이 눈치를 채실 줄 알았지요."

"그래, 눈치를 챘어야 하지……. 그래, 네놈이 이상한 짓을 하리라고 눈치를 채긴 했어! 너, 이놈, 거짓말하고 있는 거야! 넌 내가 떠나서 다행이라고 생각한 게 틀림없어! 잠깐, 너, 그 신호에 대해서도 예심판사와 검사에게 말했냐?"

"네……. 전부 다……."

이반은 또다시 놀랐다. 그러자 스메르쟈코프가 이반의 눈치를 살피며 입을 열었다.

"제가 간질 발작을 미리 예견했다고 저를 자꾸 의심하시는데……. 드미트리 도련님도 제게 죄를 뒤집어씌우려 하고 있다는 말도 들었지요. 하지만 생각해보십시오. 뭐, 제가 간질 발작 연기를 정말 잘한다고 치지요. 그렇더라도 만일 그런 계획이 있었다면 그럴 수도 있다는 얘기를 도련님께 했겠습니까? 제가 아무리 바보천치라도 스스로 의심받을 이야기를 미리 했겠습니까? 지금 도련님과 제가 단둘이 나누고 있는 이야기를 고스란히 검사에게 전해주더라도 오히려 저를 변호해주는 결과만 될 게 뻔합니다."

이반은 스메르쟈코프의 마지막 말에 승복했다. 그는 자리에서 일어나며 말했다.

"이봐, 나는 너를 조금도 의심하지 않아. 네게 혐의를 두는 건 웃기는 일일 거야. 일을 분명하게 해줘서 고맙기도 해. 자, 이제 나는 간다. 다시 오마. 건강 빨리 회복하고. 뭐 필요한 건 없나?"

"감사합니다요. 마르파가 다 챙겨줘서요."

"잘 있어. 난 네가 발작을 일으킨 척할 수 있다는 이야기를 아무에게도 안 할 거야. 너도 아무에게도 말하지 마."

이반은 저도 모르게 그런 말을 스메르쟈코프에게 했다.

"알겠습니다. 도련님께서 그 말을 하지 않으신다면 저도 그 때 우리가 대문 앞에서 나누었던 대화를 일절 발설하지 않겠습니다."

이반은 밖으로 나왔다. 하지만 채 열 발자국도 가지 않아, 스메르쟈코프가 한 마지막 말에 뭔가 모욕적인 뜻이 들어 있음을 느꼈다. 그는 다시 안으로 들어가 한번 따져보고 싶었지만 그대로 발길을 재촉했다. 그는 범인이 스메르쟈코프가 아니라 미챠라는 사실에 자신도 모르게 마음이 편해졌다. 사실은 그 반대라야 정상이라는 것을 그도 알았으나, 왜 그런 느낌이 드는지는 곰곰이 생각해보지 않았다. 그는 뭔가를 잊고만 싶었을 뿐 자신의 마음속조차 들여다보기 싫은 상태였다. 그는 스메르쟈코프에 대한 모든 의심을 털어버리고 미챠가 범인이라고 단정했다. 다만 알료샤가 스메르쟈코프가 범인이라는 주장을 절대로 굽히지 않는 것이 이상할 뿐이었다.

이반은 스메르쟈코프가 퇴원한 후 다시 그를 만났다. 그를 방문하고 2주일이 지나자 이전에 단정했던 것과는 달리, 또다시 의혹들이 뭉게뭉게 피어올랐기에 스메르쟈코프를 다시 찾은 것이다.

스메르쟈코프는 마리야 모녀가 살고 있는 다 쓰러져가는 오두막 옆의, 역시 쓰러져가는 오두막 한 채에서 따로 지내고 있었다. 사람들은 그 모녀와 스메르쟈코프가 무슨 관계인지 정확히 알지 못했다. 다만 마리야가 스메르쟈코프의 약혼자일 것이라고 수군거릴 뿐이었다. 이반은 마리야의 안내로 스메르쟈코프의 방으로 들어갔다. 스메르쟈코프는 탁자 앞 의자에 앉아 무언가를 끼적이고 있었다. 그는 병원에 있을 때보다 얼굴에 한결 생기가 돌았고 살도 통통 올라 있었다. 앞머리도 정성껏 빗어 올렸고 옆머리에 포마드도 발라 한껏 멋을 부리고 있었다.

이반이 들어서는 것을 보고 스메르쟈코프는 천천히 자리에서 일어났다. 그 몸짓에 어쩐지 공손함이라고는 전혀 보이지 않았으며 심지어 못마땅해하는 기색까지 엿보이는 것 같았다.

"덥군."

이반은 선 채로 외투의 단추를 풀며 말했다.

"벗으시지요."

스메르쟈코프가 친절하게 말했다. 이반은 외투를 벗어 소파에 던진 후 탁자 앞의 의자를 끌어와 앉았다.

"자, 우선, 여기 우리들밖에 없지?"

이반이 엄중한 목소리로 물었다.

"아무도 듣는 사람 없겠지?"

"마리야 집과 이 집 사이에 현관이 있잖습니까? 아무 말도 들리지 않을 겁니다."

이반은 곧장 궁금하던 것을 물었다.

"이봐, 네가 간질 발작이 일어난 척할 수 있다는 말을 내가 하지 않으면 우리가 문 앞에서 나눈 대화를 일절 발설하지 않겠다고 했지? 도대체 그 일절이라는 게 무슨 뜻이야? 무슨 의도로 한 말이야? 협박하는 거야? 내가 너하고 무슨 한패라도 돼서 음모를 꾸몄다는 거야? 내가 너를 겁낸다는 거야?"

스메르쟈코프가 왼쪽 눈을 껌뻑껌뻑하더니 예의 그 냉정함을 유지하며 곧바로 대답했다. 마치 '그래, 솔직하게 말해보자 이거지? 좋아!'라는 뜻 같았다.

"그때 저는 도련님이 아버님의 살해를 이미 예견하고 있었으면서도 내버려두었다고 사람들이 오해할 수도 있어서 그런 말을 한 겁니다."

스메르쟈코프는 아주 평온한 어조로 말했으나 그 말투에는 건방진 기색이 역력했다.

"뭐야? 뭐가 어째? 아니, 이놈이 미쳤나?"

"제 정신은 말짱합니다."

"아니, 그렇다면 내가 살인이 일어날 것을 미리 알고 있었단 말이야?"

이반이 주먹으로 탁자를 내리치며 고함쳤다.

"그뿐 아니지요. 도련님은 부친의 죽음을 바라고 있었지요."

이반은 벌떡 일어나 있는 힘껏 스메르쟈코프의 어깨를 내리쳤고 그는 벽에 나가떨어졌다.

"환자를 이렇게 때리시다니……."

스메르쟈코프는 훌쩍훌쩍 울기 시작했고 순식간에 눈물, 콧물 범벅이 되었다. 그는 손수건을 꺼내어 눈물을 닦았다.

"됐어! 그만해! 나를 끝까지 밀어붙이지 말란 말이다!"

스메르쟈코프가 손수건을 얼굴에서 떼어냈다. 그의 주름투성이 얼굴 곳곳마다 앙심이 스며 나오고 있었다.

"그래, 이 악당아! 내가 드미트리와 작당해서 아버지를 죽였다는 거냐?"

"뭐, 그런 건 아니지만, 그때 도련님이 부친이 죽기를 원하는지 아닌지 알아보려 했고, 그걸 원한다는 걸 알아낸 거지요."

다시 침착함을 찾은 스메르쟈코프가 뻔뻔스러운 어조로 말했다.

"아니, 이놈이! 그래, 내가 무슨 말을 했다고 그걸 확인했다는 거냐? 그리고 무슨 이유로 내가 그걸 원했다는 거냐?"

"이유요? 아, 유산이 있잖습니까? 부친이 돌아가시면 삼 형제가 최소한 4만 루블씩은, 어쩌면 더 될지도 모르겠지만, 그런 거금을 받으실 수 있잖습니까? 하지만 그분이 그루셴카와 결혼하면, 한 푼도 못 받고 그 돈이 다 그 여자 몫이 되어버릴 판인데……."

"좋아, 이제 더 이상 너를 때리지는 않으마. 그렇다면 내가 드미트리 형에게 그런 짓을 저지르도록 부추기고, 그러기를 기대했다는 거냐?"

"당연하지요. 그 양반이 일을 저지르면 도련님 몫이 그만큼 늘어나는데요."

"이런 천하에! 좋아! 무슨 소리를 지껄이건 일단은 참아주지. 좋아! 내가 기대를 걸었다고 치자. 이놈아, 내가 기대한 건 드미트리가 아니라 바로 네놈이야!"

"저도 그런 눈치를 채긴 했지요. 그렇다면 더 확실해지는 셈이지요. 제가 일을 저지를 걸 알고도 도련님이 모스크바로 떠났다면 일을 저지르길 기대했다는 것 아닌가요? 의당 부친의 목숨을 지키기 위해 집에 남아 있어야 하는 것 아닌가요?"

"이놈, 바로 네놈이 범인이라고 자백하고 있는 꼴이구나. 네놈을 당장 법정으로 끌고 가서 네 정체를 낱낱이 밝혀놓고야 말겠다."

"도련님, 가만히 입 다물고 계시는 게 나을 겁니다. 도대체 도련님이 아무리 저를 고발한들 누가 믿겠습니까? 도련님이 저를 고발하시면 저도 다 말할 겁니다. 저도 제 몸 하나는 보호해야 하잖습니까? 제가 지금까지 드린 말씀을 사람들에게 떠들고 다니면, 다 믿어줄걸요. 그렇게 되면 도련님은 어떻게 낯을 들고 다니실 수 있겠습니까?"

이반은 너무 화가 치솟아서 몸을 부르르 떨며 오두막에서 나왔다. 신선한 저녁 공기를 쐬니 기분이 좀 가라앉았다. 그는 천천히 길을 걸으며 생각했다.

'그래, 내가 뭔가를 기다린 게 사실인지 몰라. 하지만 아아, 내가 정말 살인이 일어나길 바랐던 걸까? 아, 스메르쟈코프 같은 놈은 죽여야 해……. 저런 놈을 죽일 용기조차 없다면 살아갈 가치가 없어.'

이반은 곧장 카테리나에게로 갔다. 독자들은 짐작하고 있었겠지만 사실 그는 카테리나를 열렬히 사랑하고 있었다. 그녀를 향한 광기 어린 열정에 푹 빠져 있었던 것이다. 카테리나도 자기에게 돌아온 이반이 무슨 구세주인 양 그에게 매달렸다. 하지만 그녀는 동시에 미챠를 배반했다는 가책으로 줄곧 괴로워했으며 그 때문에 둘은 자주 싸웠다. 이반이 보기에 미챠를 향한 그녀의 가책은 거짓이었다. 하지만 그만큼 그녀를 향한 그의 사랑의 불길은 더욱 열렬히 타올랐다.

카테리나 앞에 불쑥 나타난 이반은 스메르쟈코프와 나누었던 대화를 고스란히 그녀에게 들려주었다. 그런 뒤 그녀에게 말했다.

"만일 살인을 저지른 게 드미트리가 아니라 스메르쟈코프라면 나는 그의 공범이야. 그를 교사했으니까. 하지만 정말 그랬는지는 아직 모르겠어……. 그래, 놈이 아버지를 죽였다면, 진짜 살인자는 바로 나야!"

그 말을 듣자 카테리나는 말없이 일어나더니 책상 서랍을 열어 종이를 꺼낸 뒤 이반에게 내밀었다. 이 종이가 바로 나중에 이반이 알료샤에게 드미트리의 유죄를 입증하는 물증이라고 말한 종이였다. 그 종이는 미챠가 카테리나에게 보낸 편지였다. 그 편지는 그루셴카가 카테리나를 모욕하고 돌아간 바로 그날, 술이 잔뜩 취한 상태에서 쓴 것이었다. 술에 취한 상태에서 두

서없이 늘어놓은 넋두리 같은 편지였다. 편지의 내용을 간추리면 다음과 같다.

카챠, 내일 돈을 손에 넣어 당신에게 3,000루블을 돌려주고야 말겠어. 안녕, 잔인한 여자여! 안녕, 나의 사랑이여! 우리 이제 끝내자. 내일 모든 사람에게 돈을 구하러 다니겠어. 그래도 구하지 못하면 아버지 머리를 박살 내고 베개 밑에 놓아둔 돈을 가져올 거야. 나를 용서해주길……. 아니, 차라리 나를 용서해주지 마. 차라리 그 편이 낫겠어. 당신의 사랑보다는 징역살이가 낫겠지. (……) 내 돈을 훔쳐간 도둑놈을 죽여버리고 말겠어. (……) 나는 내 돈을 훔친 도둑놈을 죽일 뿐 도둑놈은 아니야. 나는 죽을 거야. 하지만 그 전에 저 저주받은 자를 죽이고 3,000루블을 가져와 당신에게 던지겠어. 카챠, 나를 경멸하지 마. 나는 살인자지만 도둑놈은 아니야! 나는 아버지를 죽이고 스스로 파멸했노라! 나는 당신의 경멸을 감당할 수 없어, 당신의 사랑으로부터 도망가노라!

P.S. 당신의 발에 입을 맞추노니, 안녕히.

P.P.S. 카챠, 사람들이 내게 돈을 주도록 하느님께 기도

해줘. 그러면 피를 보지 않아도 돼. 하지만 그들이 거절하
면…… 나는 피를 묻힐 거야. 오, 나를 죽여줘…….

그대의 노예이자, 그대의 적
D. 카라마조프

편지를 다 읽고 나자 이반은 확신에 찼다.

'아버지를 죽인 것은 미챠지 스메르쟈코프가 아니다! 따라서 나도 아니다!'

이 편지는 그에게 이론의 여지가 없는 물증이었다. 그는 이제 더 이상 그 문제로 골치를 썩이지 않기로 했다.

그런 가운데 한 달이 흘러갔다. 그는 스메르쟈코프의 의사로부터 그가 미쳐서 죽을지도 모른다는 소식을 들었다. 그런데 이번에는 이반 자신의 몸이 나빠졌다. 카테리나가 모스크바에서 불러온 의사가 그를 진찰하고 증세가 심상치 않다고 말했다. 한편 이반과 카테리나의 사이는 극도로 긴장 상태였다. 마치 사랑에 빠진 두 철천지원수 같았다. 비록 짧은 기간의 감정이 기복이었지만 카테리나가 미챠에게로 돌아서버리자 이반은

미친 듯 흥분할 수밖에 없었던 것이다.

그런 가운데, 이반은 공판 열흘 전쯤 미챠를 찾아가 탈출 계획에 대해 이야기해주었다. 그가 그런 계획을 세우게끔 된 데는 스메르쟈코프가 던진 말이 큰 계기가 되었다. 즉 미챠의 유죄가 확정되면 자신에게 돌아올 돈이 1.5배인 6만 루블이 될 수 있다는 그 한마디 말이 그를 자극한 것이다. 그는 미챠를 위해 기꺼이 3만 루블을 씀으로써 그 짐을 덜고 싶었다. 하지만 그의 영혼 깊은 곳에서는 '내가 이러는 것은 나도 똑같은 죄인이기 때문이 아닐까?' 하는 목소리가 들려왔다.

그리고 알료샤 앞에서 카테리나가 했던 말이 떠올랐다.

"나는 스메르쟈코프를 보러 갔었어. 당신이 나한테 드미트리가 아버지를 죽였다고 주장했잖아. 나는 그저 당신 말만 믿었을 뿐이야!"

자기는 카테리나 앞에서 그런 주장을 한 적이 없었다. 그녀는 언제 그놈에게 갔단 말인가? 도대체 그놈은 그녀에게 무슨 말을 했단 말인가? 그가 스메르쟈코프를 세 번째 만나야겠다고 생각한 것은 그 때문이었다.

'이번에는 그놈을 죽일지도 몰라.'

발길을 스메르쟈코프의 집 쪽으로 향하면서 그는 생각했다.

제6장

오두막에 도착하자 전처럼 마리야가 문을 열어주었다. 이반은 성큼 오두막 안으로 들어섰다. 스메르쟈코프는 전과 마찬가지로 탁자 앞에 앉아 있었지만 아무것도 쓰거나 읽지 않는 채 그저 멍한 표정으로 가만히 있었다. 그의 안색이 몰라보게 달라져 있었다. 얼굴이 바싹 여위고 얼굴빛이 샛노랬으며 눈은 움푹 들어가 있었고 눈 밑에 검버섯이 피어 있었다.

"많이 아프구나."

그를 보고 이반이 말했다.

"오래 있지는 않겠다."

그는 자리를 잡고 앉으며 단도직입적으로 물었다.

"카테리나 아가씨가 네게 왔었느냐?"

스메르쟈코프는 말없이 이반을 바라보더니 손을 내저으며 고개를 돌렸다.

"아니, 왜 그러는 거냐?"

"아무것도 아닙니다."

"아무것도 아니라니?"

"오긴 왔었지요. 그런데 그게 어쨌다는 거지요? 절 좀 내버려두세요."

"아니, 좀 알아야겠어. 대체 언제 왔다는 거냐?"

"뭐, 기억도 나지 않아요."

스메르쟈코프는 경멸스러운 웃음을 띠며 이반을 향해 고개를 돌리며 말했다.

"어서 말하지 못해! 대답을 듣기 전엔 절대 안 가겠다!"

"아니, 뭐가 두려워서 그러시는 겁니까? 그냥 돌아가세요. 도련님께는 아무 일도 없을 테니……. 어서 돌아가서 편히 주무세요."

이제까지는 전혀 볼 수 없었던 어조였다. 이제까지 하인이었던 그가 돌연 이반과 동렬에 오른 것 같았다.

"그런데 손가락은 왜 그렇게 떠는 겁니까? 자, 집으로 돌아가요. 도련님이 죽인 건 아니니까."

이반은 몸을 부르르 떨었다. 갑자기 그의 눈앞에 알료샤의 모습이 떠올랐다.

"내가 아니란 건 나도 알아! 어서 모든 걸 사실대로 말하란 말이다!"

"왜 이렇게 저를 괴롭히는 겁니까? 정 그렇다면 도련님이 죽인 걸로 해두지요."

스메르쟈코프는 속삭이듯 말했다.

이반은 뭔가 생각이 난 듯 의자에 털썩 주저앉았다.

"그래, 전에 이야기한 그 일 갖고 그러는 거냐?"

"자, 제발 그만하세요. 지금 여긴 우리 둘밖에 없어요. 그런데 둘이 연극을 하자는 겁니까, 뭡니까? 둘밖에 없을 때 제게 모든 걸 뒤집어씌우고 저를 비난하겠다는 겁니까? 아닙니다. 도련님이 죽인 겁니다! 도련님이 주범이란 말입니다. 도련님이 사주했고 저는 시키는 대로 수행했을 뿐이란 말입니다!"

"뭐야? 수행을 해? 그렇다면 네가?"

이반은 마치 뇌에 금이라도 간 것 같았다. 그의 온몸이 부들부들 떨렸다. 스메르쟈코프는 놀란 눈으로 이반을 바라보았다. 이반이 진짜로 놀라는 모습에 그도 놀란 것 같았다.

"아니, 정말 아무것도 몰랐단 말입니까?"

그는 비웃음을 흘리며 이반의 눈을 조용히 들여다보았다.

"네놈이 유령은 아니겠지?"

이반이 중얼거렸다.

"뭐요? 유령? 유령 따위는 없어요. 도련님과 저 외에는……. 그리고 도련님과 저 사이에 또 다른 이가 하나 있지요."

"누구? 또 다른 사람?"

이반이 주변을 둘러보며 겁에 질린 듯 말했다.

"바로 하느님이지요. 하느님의 섭리. 하느님이 이곳 우리들 곁에 있어요. 하지만 찾지 말아요. 도련님은 발견하지 못할 테니까."

"거짓말이야! 아버지를 죽인 건 네가 아니야!"

이반이 격분해서 소리쳤다.

"네놈이 미쳤거나, 전처럼 나를 겁주려고 하는 소리지!"

스메르자코프는 아무런 두려움 없는 눈길로 이반을 바라보았다. 그에게는 이반이 다 알면서 연기를 하는 것 같았다.

"잠깐 기다리세요."

그가 힘없이 말하더니 갑자기 왼쪽 다리를 들어 올리고 바지를 걷기 시작했다. 그는 목이 긴 양말을 신고 있었다. 그는 천천히 양말대님을 풀더니 양말 속으로 손을 집어넣었다. 이반은 공포에 사로잡혀 그를 바라보았다.

스메르자코프는 천천히 양말 속에 감추어 두었던 것을 꺼내서 탁자 위에 올려놓았다. 무언가 싸놓은 종이 뭉치였다.

"자, 여기 있습니다."

그가 낮게 속삭이듯 말했다.

"뭐가?"

이반이 떨리는 목소리로 말했다.

"직접 보시지요."

이반이 의자에서 일어나 손가락을 종이 뭉치 가까이 가져갔으나, 마치 독사라도 건드린 듯 흠칫 손을 뒤로 뺐다.

"아직 떨고 있군요."

스메르자코프는 자신이 직접 종이를 펼쳤다. 안에는 100루블짜리 지폐 묶음이 들어 있었다.

"여기 고스란히 다 있습니다. 세어볼 필요도 없어요."

스메르자코프가 돈뭉치를 이반에게 건네며 말했다.

이반은 의자에 털썩 주저앉았다. 얼굴이 백지장처럼 하얗게 질려 있었다.

"그래……. 너 혼자? 미챠와 함께한 게 아니고?"

"오로지 도련님과 함께했지요. 도련님하고만……. 드미트리 도련님은 죄가 없어요!"

"그 이야기는…… 그 이야기는 나중에 하기로 하고……. 그런데 내가 왜 이렇게 떨리는 거지……? 아, 한 마디도 할 수가 없구나."

"아니, 그렇게 용기 있던 양반이! '모든 것이 허용된다'라고 말하던 양반이! 그런데 이렇게 겁을 내고 있다니!"

스메르쟈코프는 놀랍다는 듯 중얼거렸다.

겨우 정신을 차린 이반이 스메르쟈코프에게 말했다.

"말해봐. 제발!"

이반의 어조는 어느새 평온해져 있었다. 이번에는 스메르쟈코프가 모든 진실을 털어놓으리라고 그는 확신하고 있었던 것이다.

"어떻게 된 일이냐 이거지요?"

스메르쟈코프가 한숨을 내쉬며 말했다.

"아주 자연스럽게 해치웠지요. 그때 도련님이 말한 대로."

"잠깐! 내 이야기는 나중에 하란 말이다!"

이반이 화를 내며 말했다.

"순서대로 찬찬히, 하나도 빼놓지 말고 네가 한 행동에 대해 말하란 말이야! 자세하게, 아주 자세하게!"

"도련님이 떠나자 저는 창고에서 넘어졌고……."

"정말 발작이 온 거냐? 아니면 그런 척한 거냐?"

"당연히 그런 척한 거지요. 사람들이 왔을 때도 계속 소리 지르고 몸부림을 쳤지요."

"잠깐! 그럼 그 뒤로 계속, 그러니까 병원에서도 연기를 했단 말이냐?"

"아니지요. 다음 날 아침, 병원으로 가기 전에 진짜 발작이 시작된 겁니다. 몇 년 만에 처음 겪는 심한 발작이었지요. 이틀 동안 의식을 잃었으니까요."

"좋아, 좋아. 다시 앞 이야기를 계속해봐."

"늘 그렇듯이 마르파가 저를 자기 방 칸막이 침대 뒤에 눕혔지요. 저는 신음하는 척하고 누워서 드미트리가 오기만 기다렸어요. 제가 아파 누워 있으니 아무 정보도 못 들을 테고, 그러면 궁금해서 담을 넘어오리라고 생각한 거지요. 저는 그 양반이 표도르 파블로비치를 죽이길 기다리고 있었어요. 준비는 다 시켜준 셈이니까요. 무엇보다…… 신호를 알려주었고."

"잠깐. 만일 형이 죽였다면 돈을 가져갔을 것 아니냐? 네게는 뭐가 남는다고 기다렸다는 거야?"

"돈이요? 절대 못 가져가지요. 돈이 어디 있는지 주인님과 저만 알고 있거든요. 주인님은 제가 돈 욕심이 없다는 걸 잘 알고 있었지요. 제가 구석 성상 뒤에 감추라고 충고까지 해주었지요. 이불 밑에 그걸 숨겨요? 웃기는 일이지요. 그런데도 사람들은 그렇게 믿고 있으니…….

드미트리가 정작 살인을 저질렀다 해도 돈은 절대로 못 찾았을 겁니다. 나중에 제가 슬쩍 꺼내오고 모든 건 그가 뒤집어쓰게 되어 있던 거지요. 하지만 그는 살인을 하지 않았어요. 지금도 그 양반이 살인자라고 도련님에게 말할 수도 있지만 저도 이제 거짓말은 하고 싶지 않아요. 도련님도 유죄기 때문이지요. 물론 도련님은 사실을 전혀 몰랐고, 제게 죄를 뒤집어씌우려 하지도 않았지만 그렇다 하더라도 도련님은 유죄예요. 도련님은 누군가 그를 죽이리라는 것을 알고서도 집을 떠났으니까요. 게다가 도련님은 제게 살인을 사주해놓고 떠난 셈이지요. 그러니까 도련님은 이 사건의 주범입니다. 단 한 명의 주범이 있다면 그건 제가 아니라 바로 도련님입니다. 도련님이 살인을 저지른 겁니다."

"뭐야? 내가 왜 살인자라는 거야? 오, 맙소사! 여전히 체르마쉬냐 이야기를 하고 있는 거야? 잠깐, 내가 떠난 사실을 이미 암묵적 동의로 받아들였다면, 왜 굳이 내가 동의하는지 아닌지 내 입을 통해 확인하려 했던 거냐?"

"아, 당연한 거 아닙니까? 혹시 사람들이 감쪽같이 사라진 3,000루블의 행방을 놓고 저를 의심하더라도 도련님이 저를 옹호해줄 것 아닙니까? 어쨌든 도련님이 저를 옴짝달싹 못 하게 하는 일이 없게 만들기 위해서였지요. 한 가지 확실한 건, 도련님이 떠나지 않았다면 아무 일도 없었을 겁니다."

"네놈이 나를 아예 꼼짝 못 하게 할 작정이었구나. 어쨌든 그날 네가 한 짓을 자세히 이야기해봐."

"뭐, 자세히 말씀드릴 것도 없습니다. 누워 있다가 주인 나리의 비명 소리가 들렸고, 이어서 그리고리의 고함 소리가 들리더군요. 주인 나리 집의 창문이 열려 있는 것을 보고 그곳으로 가서 그루셴카가 왔다고 나리에게 거짓말을 했지요. 나리는 그루셴카가 어디 있나 밖을 내다보더군요. 저는 손에 잡히는 문진(文鎭)으로 세 번 강하게 머리를 내리쳤지요. 그러곤 돈 봉투를 찾아 돈을 꺼낸 후 봉투는 바닥에 집어 던지고 밖으로 나왔습니다.

돈은 어떻게 감추었느냐고요? 정원에 커다란 구멍이 뚫린 사과나무가 있는 거 도련님도 알지요? 헝겊으로 싸서 그 구멍에 감추어두었다가 퇴원한 뒤에 꺼냈어요. 돈을 감춘 후 저는 다시 침대에 와서 누웠고 그다음 일이야, 저와 상관없이 착착 돌아간 거지요."

스메르자코프는 말을 멈추었다. 범행에 대해 이야기하면서 그는 줄곧 눈을 내리깔고 있었다. 이반은 그에게서 눈을 떼지 않고 죽은 듯 침묵을 지키며 귀를 기울이고 있었다. 스메르자코프는 무척 흥분한 듯 식은땀을 흘리며 숨을 몰아쉬고 있었다. 그의 표정만 보고는 그가 후회하고 있는지 아닌지 알 수 없었다.

"잠깐, 아버지가 네게 문을 열어준 건 그리고리가 드미트리에게 한 방 맞은 후가 아니더냐? 그런데 그는 왜 문이 열려 있는 것을 보았다고 우기는 거지?"

"아, 모르시겠어요? 그리고리의 착각이지요. 게다가 좀 고집불통입니까? 보지도 않은 걸 한 번 봤다고 말하고나니 정말 본 것처럼 철석같이 믿고 있는 거지요."

"하나만 더 묻자. 왜 돈을 봉투째 갖고 가지 않고 빈 봉투를 던져놓은 거냐?"

"그거요? 드미트리에게 의심이 돌아가게 하기 위해서지요. 그 봉투에 돈을 넣는 걸 두 눈으로 본 사람이라면 무엇 때문에 봉투를 열어보겠습니까? 궁금할 게 하나도 없는데……. 그냥 호주머니에 쑤셔 넣고 줄행랑을 쳤겠지요. 당연히 저에 대한 의심은 거둘 겁니다. 하지만 드미트리라면? 당장 뜯어봤을 겁니다. 게다가 빈 봉투가 불리한 증거로 남을 것이라는 생각조차 못 한 채 그대로 나왔을 겁니다. 도둑질이라고는 한 번도 해본 적이 없는 귀족인 데다 자기 돈을 되찾으러 왔을 뿐이라는 당당한 생각을 하고 있었을 테니까요. 제가 심문을 받을 때 슬쩍 그런 이야기를 검사에게 암시하듯 해주었지요. 아닌 게 아니라 검사가 아주 흡족해하더군요."

"아니, 그렇다면 그 모든 것을 현장에서 순간적으로 생각해냈단 말이냐?"

이반이 공포에 질린 표정으로 스메르쟈코프를 바라보며 물었다.

"그럴 리가요. 그런 다급한 상황에서 어떻게 그런 생각을! 미리 다 계산한 거지요."

"그래…… 그래…… 악마가…… 악마가 도와준 거야……."

이반은 그렇게 중얼거리며 좁은 방 안을 왔다 갔다 했다. 그러더니 갑자기 화가 치솟는 듯 흥분해서 고함을 고래고래 지르기 시작했다.

"이놈아! 이 비열한 놈아! 내가 왜 여태 너를 안 죽이고 있는지 아직도 모르겠냐? 네놈을 법정에서 증언대에 세우기 위해서다, 이놈아!"

그는 한 손을 위로 쳐들며 말했다.

"어쩌면 나에게도 죄가 있음을 저 하늘이 보고 있는지도 모르겠지. 아버지가 죽었으면 하고 은밀히 바라고 있었으니까. 하지만 나는 네놈이 생각하는 만큼 죄를 짓지는 않았어. 아마, 나는 네놈을 사주한 게 아닌지도 몰라. 그래, 아니야! 그런 적이 없어! 다 네놈 머릿속에서 일어난 일이야! 하지만 그런 건 상관없어! 내일 내가 법정에서 나 자신을 고발하겠어. 결심했어! 다 말할 거야, 다! 난 네놈과 함께 출두할 거다. 네가 나에 대해 어떤 식으로 말하건 조금도 두렵지 않아! 네가 말한 걸 모두 확증해줄 거다! 네놈도 자백을 해야 해! 꼭 그래야 해! 우리 함께 가는 거다! 꼭! 아니야, 네놈이 안 가도 상관없다. 내가 모두 자백하겠다."

"도련님, 안색이 안 좋으십니다. 분명 병을 앓고 있어요. 게다가 도련님은 절대로 안 갈 겁니다."

스메르쟈코프가 단호하게 말했다.

"네놈, 나를 잘못 알고 있구나!"

"만약 그렇게 된다면 도련님은 너무 수치스러울걸요. 게다가 그래봤자 헛수고니까요. 제가 도련님께 그런 이야기는 한 적이 없다고 잡아뗄 테니. 보시다시피 도련님이 병이 들었다고 말할 겁니다. 척 보면 다 알 수 있을 정도거든요. 아니면 도련님이 형을 동정해서 그를 구하려고 말을 만들어냈다고 하면 그만이지요. 게다가 도련님이 저를 사람이라기보다는 파리 새끼처럼 여겨왔다고 하면 효과 만점이겠지요. 과연 누가 도련님 말을 믿을까요?"

스메르자코프는 말을 마치더니 돈뭉치를 들어 이반에게 내밀었다.

"자, 이 돈 가져가세요."

"아니, 네놈, 그 돈 때문에 살인을 저질러놓고 왜 나보고 가져가라는 거냐?"

"필요 없어요."

스메르자코프가 떨리는 목소리로 말했다.

"처음에는 그 돈이면 모스크바에서건 외국에서건 새 삶을 살 수 있으리라 생각했어요. '모든 것이 허용된다.' 이게 제 생각이었으니까요. 그거야말로 도련님이 제게 가르쳐준 거지요. 어디 한두 가지를 가르쳐줬나요? 영원한 하느님이 존재하지 않는다면 선행도 없다, 그런 건 필요 없기 때문이다, 라고 가르쳐 줬지요? 아주 옳은 말씀입니다. 적어도 제가 보기엔 그렇습니다."

"아니, 너 혼자 그런 생각을 했단 말이냐?"

이반이 당혹스러워하며 말했다.

"그럴 리가요! 다 도련님이 이끌어준 거지요."

"그런데 지금은? 돈을 돌려주는 걸 보니 하느님을 믿는다는 거냐?"

"아뇨, 믿지 않아요."

스메르쟈코프가 들릴락 말락 하게 말했다.

"그런데 왜 돈을……?"

"됐어요! 제길!"

스메르쟈코프는 손을 내저었다.

"그나저나 도련님 입으로 모든 것이 허용된다, 라고 말해놓고서 왜 그렇게 불안해하는 거지요? 스스로 고발하러 가겠다고까지 하고……. 하지만 절대로 그런 일은 없을 겁니다."

그가 단언하듯 말했다.

"두고 봐."

"그런 일은 없을 겁니다. 도련님은 머리가 좋으니까요. 또 돈을 좋아하지요. 제가 잘 알아요. 게다가 명예도 존중하지요. 오만하니까요. 여자도 좋아하고 독립적인 것도 좋아하고……. 도련님은 도련님의 인생을 망치거나, 수치로 자신을 더럽히고 싶지 않을 거예요. 표도르 나리의 세 아들 중에 도련님이 아버지를 제일 많이 닮았어요."

"네놈은 멍청한 놈이 아니로구나. 머리가 좋은 놈이야!"

이반이 자리에서 일어나며 말했다.

"어쨌든 내일 두고 보자! 내가 지금 네놈을 죽이지 않는 건, 내일 네놈이 필요하기 때문이야. 내일 보자!"

이반은 소리치며 오두막 밖으로 나왔다. 밖으로 나온 그는 한동안 기쁨에 젖어 있었다. 최근에 그를 괴롭혀온 심적 동요가 그치고 모든 것이 확고해진 것 같았다. 그러나 자기 방으로 들어서자 그 기쁨이 온데간데없이 사라져버렸다. 무언가 차가운 느낌이 가슴에 와닿는 것 같았다. 일종의 추억이랄까 혹은 전에도 있었고 지금 이 방에도 존재하고 있는 그 무엇이 자꾸 상기되는 것 같은 느낌이었다.

그는 소파에 털썩 주저앉았다. 몸이 영 불편했다. 그는 소파에 앉아 졸기도 하다가 다시 벌떡 일어나 방 안을 거닐기도 했다. 그는 자신이 꼭 환각에 사로잡힌 것 같았다. 그는 갑자기 무언가를 찾는 듯 주위를 둘러보기 시작했다. 마침내 그는 어느 한 곳을 뚫어져라 바라보았다. 그는 미소를 짓고 있었지만 얼굴은 분노로 붉게 물들어 있었다. 그는 의자에 앉아 오랫동안 두 손으로 머리를 감싼 채 맞은편 벽 앞에 놓인 소파의 한 곳을 계속 바라보았다.

제7장

나는 의사는 아니지만 이반 표도로비치가 앓고 있는 병에 대해 간단하게나마 설명해야 할 순간이 왔음을 느끼고 있다. 미리 말하는 것이지만 그는 그날 섬망증 발병 직전이었다. 이반도 자신이 끔찍한 병에 걸렸음을 알고 있었다. 의학적 상식이 없는 내가 이런 이야기를 하는 게 옳은지는 모르겠지만 그는 의지력으로 발병을 잠시 막고 있다고 할 수 있을 것이다. 그는 카테리나가 모스크바에서 불러온 의사를 한 번 만나서 자신의 증상을 설명한 적이 있었다. 이반을 진찰한 의사는 그의 뇌가 손상되었다는 결론과 함께 다음과 같이 말했다.

"당신에게 환각이 나타나는 건 조금도 놀라운 일이 아닙니다. 검사를 더 해봐야 알겠지만 우선 더 늦기 전에 조치를 취해야 합니다. 그렇지 않으면 금세 악화될 겁니다."

하지만 이반은 의사의 현명한 충고를 따르지 않았다.

'나는 잘 걸어 다니고 아직 힘도 있어. 쓰러지면 누군가 날 돌보겠지, 뭐'라고 그는 생각했다.

따라서 이반은 자신이 환각 상태에 빠져 있을 수도 있음을 명백히 의식한 상태에서 정면 소파에 앉아 있는 상대를 뚫어져라 바라보았다. 이반이 방에 들어섰을 때는 분명 방 안에 없었으니 도무지 언제 어떻게 들어왔는지 알 수 없는 러시아 남자였다.

나이는 오십 살쯤 되어 보였고 아직 숱이 많은 머리는 드문드문 새치가 있었으며 턱수염이 삐죽삐죽 자라고 있었다. 그는 이미 한물간 정장을 점잖게 차려입고 있었지만 자세히 보면 와이셔츠는 더러웠고 스카프도 몹시 낡아 있었다. 한마디로 말하자면 농노 시절에 전성기를 구가하던 지주 출신으로서, 농노제가 폐지된 후 지인들을 찾아 떠도는 식객 꼴이라고 보면 될 것이다.

이반은 그 낯선 자와 말을 섞지 않으리라 작정하고 아무 말 없이 그를 바라보고 있었다. 방문객 역시 말이 없었다. 마치 그 집에 머물고 있던 과객이 차를 마시러 응접실에 들어왔다가 생각에 잠긴 주인의 모습을 보고 입을 다물고 있는 것 같았다. 하지만 주인이 입을 열기만 하면 언제고 반갑게 이야기를 나눌 태세였다.

갑자기 방문객이 입을 열었다.

"들어보게. 자네 기억을 상기시킬 게 있네. 자네는 카테리나 이바노브나에 대해 궁금한 게 있어서 스메르자코프를 찾아간 것 아닌가? 그런데 그녀에 대해서는 아무것도 알아내지 못한 채 그냥 떠나왔지. 아마 깜빡했던 모양이지?"

"아, 맞아. 깜빡 잊었어. 하지만 상관없어. 내일이면 다 끝날 테니. 그런데 너 말이야, 마치 네가 그걸 내게 상기시켜 준 것처럼 굴지 말라고! 안 그래도 그 일 때문에 숨이 막힐 지경이었는데……. 내가 그 생각을 하고 있었다고!"

"좋아! 내가 상기시킨 걸로 생각할 필요 없어."

사내가 상냥하게 미소 지으며 말했다.

"억지로 믿게 할 수는 없는 노릇이지. 사람들이 그리스도를 믿은 건 믿기를 원했기 때문이지 부활한 그리스도를 보았기 때문이 아니야. 예를 들어 강신술사들 말이야, 난 그들을 아주 좋아하는데……. 그들은 자신들이 종교의 원인을 제공했다고 믿고 있어. 악마들이 저세상에서 자기들에게 뿔을 보여주었다면서 말이야. 그들은 그거야말로 저세상이 존재한다는 물적인 증거라고 말하지. 저세상과 물적인 증거! 더 이상 뭐가 필요하겠나? 하지만 그렇다 하더라도 저세상에 악마가 존재한다는 증거가, 거기 하느님이 존재한다는 증거가 될 수 있나? 나는 관념론자들의 모임에 가고 싶어. 거기서 반론을 제기하고 싶어. '나는 리얼리스트지만 관념론자는 아니올시다, 헤헤!'라면서 말이야."

"들어봐!"

갑자기 이반이 자리에서 일어나며 말했다.

"난 지금 환각에 사로잡혀 있는 것 같아. 맞아, 틀림없어. 어디 마음껏 지껄여봐! 아무 상관 없으니! 지난번처럼 나를 마구 흥분시키지는 못할 테니. 난 그저 수치스러울 뿐이야! 난 네가 무슨 소리를 지껄일 건지 충분히 짐작할 수 있어. 너는 바로 나니까! 내가 말하는 거지 네가 말하는 게 아니라고! 지난번에 내가 너를 꿈속에서 본 것인지 생시에 본 것인지는 모르겠어. 찬물에 적신 수건을 이마에 대야겠어. 그러면 너는 사라져버릴 테니!"

이반은 수건을 집어 들더니 물에 적신 후 머리에 얹은 채 방안을 이리저리 거닐었다.

“내게 반말을 하고 친근하게 대해주니 기분이 좋군.”

방문객이 말했다.

“바보 같은 자식! 아니, 내가 네게 존댓말을 해줄 줄 알았어? 식객인 주제에…….”

“식객이라! 거, 참, 멋진 말이야! 하긴 내 처지에 식객이 아니라면 이 지상에서 달리 무엇일 수 있겠나? 어쨌든 자네 말을 듣고 있자니 놀랍군! 자네가 나를 지난번처럼 상상에서 나온 환상으로 여기지 않고 실제로 존재하는 것처럼 대하다니!”

“아니야! 나는 단 한 번도 너를 실제로 존재한다고 생각해본 적이 없어!”

이반이 격노해서 소리쳤다.

“너는 거짓이야! 유령이야! 너는 나의 병(病)이야! 하지만 어떻게 하면 너를 없앨 수 있는지 모르겠어. 그러니 얼마 동안은 너를 참아내야겠지. 너는 나의 환각일 뿐이야. 내 감정과 생각 중 가장 비열하고 나쁜 부분이 구현된 것일 뿐이야. 그래서 네게 흥미도 느끼고 있어. 다만 너를 상대할 시간만 있다면…….”

“오, 미안하지만 내가 자네 생각을 제대로 말해주지. 아까 가로등 아래서 자네는 알료샤에게 ‘너, 정말로 그놈이 내 집에 왔던 걸 모르는 거야? 전에 내 집에서 그놈을 봤지?’라고 외치지 않았나? 바로 내 이야기를 한 거 아닌가? 그러니 비록 짧은 순간이나마 내 실체를 믿었다는 것 아닌가?"

신사는 부드러운 미소를 띠며 말했다.

"내가 약해졌던 것일 뿐이야……. 나는 네가 실재한다고 믿지 않아."

"어쨌든 지난번보다는 내게 훨씬 상냥하군. 왜 그런지 나는 알지……. 고상한 결단을 했기 때문이지……. 내일 형을 변호하기 위해 자신을 희생하러 갈 테니……."

"입 닥쳐! 한 대 갈겨버릴 테다!"

"어떤 의미로는 얻어맞는 게 기쁜 일이겠군. 자네가 내 실체를 인정하는 셈이 되니까. 하지만 이제 농담은 그만하세. 그리고 내게 그렇게 욕설을 퍼부을 게 뭐 있나? 바보니, 종놈이니, 비열한 놈이니, 그게 무슨 점잖지 못한 말인가?"

"네놈 욕하는 건 곧 내 욕을 하는 거야."

이반이 일그러진 웃음을 흘리며 말했다.

"네가 하는 말은 하나도 새로울 게 없어! 다 내 생각이니까! 너는 그중에서 추악한 것들만 골라서 입에 담고 있을 뿐이야!"

"나의 벗이여, 난 자네 앞에서 신사처럼 굴고 싶어. 그러니 신사 대접을 좀 해주게."

손님은 겸손하게 말했다.

"나는 가난해……. 하지만 뭐, 그렇게 떳떳하다고 말하지도 않겠네……. 사람들은 보통 무슨 공리처럼 나를 타락한 천사로 여기지. 맙소사! 내가 어떻게 천사였을 수 있다는 거지? 도무지 상상이 안 돼! 만일 그랬다 하더라도 너무 오래전 일이니 내가 잊어버린들 내 잘못이 아니야. 나는 그저 점잖은 사람이라는 평판이나 들으며 유쾌하게 지내고 싶다네. 나는 사람들을 정말 사랑해. 그런데도 사람들이 나에 대해 너무 중상모략을 일삼았어. 내가 이 땅, 자네들 사이로 옮겨와 지내다보면 내 삶은 마치 실재하는 것처럼 여겨지지. 나는 그게 정말 마음에 들어. 자네와 마찬가지로 환상적인 것은 나를 고통스럽게 한다네. 나는 지상의 리얼리즘이 좋거든. 내 꿈이 뭔지 아나? 그냥 뚱뚱한 아줌마로 영원히 되돌릴 수 없게 변신해서 그런 아줌마의 믿음을 지닌 채 지내게 되는 거라네. 내 이상이 뭔지 아나? 뚱뚱한 아줌마로서 교회에 들어가 경건하게 성상 앞에 촛불을 밝히는 거라네. 정말이야. 그렇게 되면 내 고통도 끝나겠지. 자네, 내 이야기를 듣고 있나? 자네 오늘 어딘가 주의가 산만하군. 자네가 어제 그 의사에게 갔다 온 걸 내가 알고 있네. 그래, 의사가 뭐라고 하던가?"

"바보 같은 자식!"

"또 그런 소리를! 나도 작년부터 류머티즘을 앓고 있어서 물어본 거야."

"악마가 류머티즘을?"

"왜, 안 돼? 아, 인간의 몸을 했으니 모든 걸 받아들여야지. *Satan sum et nihil humanum a me alienum puto*(나는 사탄이니 인간적인 것은 뭐든 내게 낯설지 않거든)."

"뭐라고? *Satan sum et nihil humanum a me alienum puto* 라고! 악마치고는 바보가 아니군! 하지만 그건 내게서 나온 말이 아니야! 나는 그런 생각은 해본 적이 없어!"

"아, 나는 자네의 환각일지 모르지만 그래도 독창적인 면이 있을 수 있다네. 자네가 한 번도 생각해보지 못한 걸 말할 수도 있어. 악몽 속에 나타난 인물들이 어디 꿈꾸는 사람 생각만 반복하던가? 내가 하는 말들도 자네 생각을 그대로 반복만 하는 건 아닐 수 있어."

"거짓말 마! 너는 네가 실제로 존재하지 내 악몽이 아니라는 것을 내게 믿게 하려 하고 있어. 그래서 역으로 네가 내 꿈인 척하고 있는 거야! 너는 거짓말을 하고 있어!"

"어렵군! 하긴 내가 오늘은 좀 특별한 방법을 쓰긴 했지. 나중에 차차 설명해줌세. 지금은 좀 참게. 한데 어디까지 이야기 했더라? 아, 여기가 아니라 저기에서 감기에 걸렸을 때 이야기였지……."

"저기가 어디라는 거야? 너, 여기 오래 머물 거야? 좀 빨리 떠날 수 없어!"

이반이 절망적으로 외쳤다.

"오늘 자네 신경 줄이 엉망이로군. 내가 감기에 걸렸다는 걸로 그렇게 화를 내다니! 아주 자연스럽게 그리된 걸 갖고……. 아, 얼마나 추웠는지. 영하 150도였을 거야."

"거짓말 좀 작작 해! 너는 여전히 네가 실제로 존재한다는 걸 내가 믿게 하려고 개수작을 부리고 있는 거야. 믿지 않겠어. 난 믿지 않아!"

"오, 맙소사! 가뜩이나 중상모략에 시달려왔는데 자네까지 나를 거짓말쟁이에 바보라고 욕하고 있으니! 그러니 자네가 아직 젊다는 거야. 이보게, 똑똑한 게 다가 아니야. 나는 천성적으로 상냥하고 명랑한 마음을 타고 난 존재야. 온갖 종류의 보드빌(가벼운 운문 극)을 써본 몸이라고! 설명하기 어려운 운명의 장난 때문에 모든 것을 부정할 수밖에 없게 되었지만, 나는 본래 선량하기 때문에 부정에는 소질이 없어.

'가라, 가서 부정하라! 부정이 없으면 비평도 없다. 비평 없이 어찌 잡지를 만들 수 있겠는가! 비평이 없다면 호산나(찬양) 밖에 없다. 하지만 그것만으로는 충분하지 않다. 호산나는 의혹의 도가니에서 담금질을 받아야 한다' 등등이 내게 내려진 소명이야.

하지만 나는 이 모든 것에 책임이 없어. 내가 창조한 게 아니니. 나는 그냥 희생양이 돼서 그런 일을 하게 된 것뿐이야. 나는 그냥 명령에 따라 사건을 일으키고 불합리한 짓을 저지르는 거라고. 세상이 합리적이라면 아무 일도 일어나지 않을 것을…….

자네, 나를 비웃고 있군. 아니, 비웃는 게 아니라 화를 내고 있군. 자네는 영원히 화를 낼 거야. 자네가 존중하는 건 머리뿐이니까. 하지만 다시 말하지만 나는, 뚱뚱한 아줌마의 영혼으로 현현해서 신 앞에서 촛불을 밝힐 수만 있다면 저 모든 천상의 삶과 지위, 명예를 모두 내놓을 수 있어."

"그럼 너는, 너 자신은, 신을 믿지 않는다는 거냐?"

이반이 가시 돋친 웃음을 흘리며 말했다.

"오호라! 이제야 진지해지셨군!"

"신이 대체 있는 거야, 없는 거야?"

이반이 다시 집요하게, 미친 듯 외쳤다.

"아, 자네 정말 진지하게 묻고 있는 거야? 이보게, 내 신에게 맹세코 말하는데, 나는 잘 모르겠네. 내가 할 수 있는 말은 그것뿐이야."

"그걸 모르면서 신이 보인다고? 넌 다른 놈이 아니야! 넌 나 자신 외에 그 어느 것도 아니야!"

"보면서도 믿지 않는다 이거지? 내 회의주의를 비웃는 건가? 하지만 나만 그런 것도 아니잖은가. 우리들 모두 과학 때문에 뒤죽박죽이 되어버렸어. 사람들이 원자와 오감(五感), 사원소(四原素)만 알고 있을 때는 그래도 잘 돌아갔어. 하지만 자네들이 머리로 우리 악마들조차 알 길 없는 '화학적 분자'니 '원형플라스마'니 하는 걸 발견해냈지. 그러자 우리들이 꼬리를 내리기 시작했어. 온통 뒤죽박죽이 된 거지!

내가 비밀 하나 이야기해줄까? 천국에 대한 전설이야. 우리들의 중세 이야기인데, 자네 시대의 아줌마들은 믿지 않겠지만 우리의 뚱뚱한 아줌마들은 다 믿던 이야기야.

여기 이 땅에 어떤 철학자가 있었어. 그는 모든 것을 부정했어. 자연의 법칙들, 양심, 믿음, 특히 내세의 삶을 부정했어. 그러다가 그가 죽었어. 그는 곧 무(無)의 암흑 속으로 떨어지겠구나, 라고 생각했지. 그런데 이게 웬일인가! 내세의 삶이 눈앞에

떡하니 펼쳐진 거야. 그는 놀랍고 화가 났어. 그는 말했어. '이건 내 신념에 어긋난다!' 그는 그 때문에 형벌을 받게 되었지. 뭐, 미안하지만 나도 전해 들은 이야기를 하고 있을 뿐이야. 그냥 전설이야.

그 형벌이 뭐였냐 하면 어둠 속에서 1,000조 킬로미터를 걸어야 한다는 거였어. 그걸 다 걷고 나면 천국의 문이 열리고 그는 용서받는다는 거였지."

"너희들의 저세상에는 1,000조 킬로미터를 걸어야 하는 것 말고 또 어떤 고문이 있지?"

이반이 이상하게 활기를 띠며 말을 가로막았다.

"무슨 고문이 있느냐고? 어휴, 말도 마! 옛날에는 별의별 고문이 다 있었지. 하지만 오늘날에는 정신적 고문 체계가 생겨나는 바람에…… '양심의 가책'이라든지 뭐, 취향에 따른 온갖 다른 허튼소리들 말이야. 자네들의 '풍습의 완화'인지 뭔지 하는 게 저곳에서도 유행하게 된 거야! 그래서 누가 득을 봤냐고? 물론 양심 없는 자들이지! 양심이 없으니 양심의 가책이란 고문을 받을 일이 없지. 반대로 명예와 양심을 지닌 사람들만 고통을 받았지. 당연한 거야. 아직 준비도 안 된 땅에서 그런 개혁을 단행했으니! 게다가 남의 것을 그대로 모방했으니! 정말 미친 짓이야! 차라리 옛날의 화형이 훨씬 낫지.

이야기를 계속해야지. 1,000조 킬로미터를 걸어가라는 형을 받은 자는 그 자리에 서서 잠깐 앞을 바라보더니 그대로 드러누웠어. '나는 형벌을 거부한다. 내 원칙에 의해 거부한다'라고 말하면서 말이야. 교육을 잘 받은 러시아의 계몽된 영혼을, 고래 배 속에서 사흘 밤낮을 버틴 요나의 영혼과 섞으면 길바닥에 누워버린 그 사상가의 영혼이 될 거야."

"브라보! 그런데 뭘 깔고 누웠지? 아직도 그렇게 길에 누워 있나?"

갑자기 이반이 호기심을 보이며 물었다.

"아닐세. 그렇게 1,000년을 누워 있더니 일어나서 다시 걷기 시작했어."

"저런 멍청한 놈 같으니!"

이반이 신경질적인 웃음을 터뜨리며 외쳤다.

이어서 그는 뭔가 골똘히 생각하는 듯했다.

"영원히 누워 있건, 1,000조 킬로미터를 걷건 마찬가지 아니야? 어차피 10억 년은 걸어야 할 텐데!"

"심지어 더 걸릴지도 몰라. 연필이 있으면 계산 좀 해볼 텐데……. 어쨌든 그 사상가는 오래전에 1,000조 킬로미터를 완

파했어. 일화는 바로 거기부터 시작되는 거야."

"뭐야? 그걸 성공했다고? 대체 어디에서 10억 년을 구했다는 거야?"

"그저 여전히 지금의 지구 생각만 하고 있군! 지구 자체가 족히 10억 번은 반복해서 변했을 텐데 말이야! 그런 일은 무수히 많아."

"그래, 어쨌든 1,000조 킬로미터를 걷고 나서 어떤 일이 벌어졌지?"

"맞아! 천국의 문이 열렸지. 그는 문이 열리자마자 안으로 들어갔어. 그가 천국에 머문 지 단 2초도 지나지 않았을 때였어. 그가 소리쳤어. '이 2초를 위해서라면 1,000조 킬로미터가 아니라, 거기에 1,000조 킬로미터를 곱하고, 또 거기에 1,000조 킬로미터를 곱한 거리라도 걸을 수 있겠노라!'라고. 그러고는 '호산나!'라고 찬양했지. 그런데 찬양의 도가 너무 지나쳤던 모양이야. 그곳에 있던 고상한 사람들이 그에게 악수도 청하지 않은 채 '너무 갑자기 보수 반동이 되어버렸군'이라고 말했다더군. 이거야말로 러시아인들의 천성이 아닌가……! 다시 말하지만 이건 어디까지나 전설일세. 자네에게 이야기해줄 만한 가치가 있어서 들려준 거야. 요즘 우리들 사이에서 널리 떠도는 사상을 엿볼 수 있으니까."

"네놈의 정체를 이제 확실히 알겠어!"

이반이 마치 갑자기 무언가 생각났다는 듯 어린애처럼 기뻐하며 외쳤다.

"그 1,000조 년의 일화는 바로 내가 지어낸 거야! 내가 고등학생이던 열일곱 살 때 지은 거야! 내 친구 한 명에게 이야기해주었지. 잊고 있었는데 이제야 생각났어. 이 일화는 네가 내게 해준 이야기가 아니라 내게 무의식적으로 떠오른 이야기라 이 말이야! 그러니 너는 내 꿈일 뿐이야!"

"나를 부정하려고 이렇게 애를 쓰는 걸 보니 어쨌든 나를 확실히 믿고 있다는 거로군."

신사가 밝게 웃으며 말했다.

"절대로! 나는 너를 100분의 1도 믿지 않아!"

"그러면 1,000분의 1은? 동종(同種)요법에서 양은 그다지 중요하지 않으니까. 자, 고백해. 하다못해 1만분의 1이라도……."

"절대 아니야!" 이반이 소리쳤다. "하지만 어쩌면 너를 믿고 싶은지도……."

"오호라, 이제 고백을 하는군! 한데 나는 착한 사람이야. 그러니 자네를 도와줄게. 사실은 자네가 어떤 사람인지 내가 아주 정확하게 알고 있거든. 내가 그 일화를 이야기해준 건, 자네가 나를 완전히 믿지 않게 하기 위해서였어."

"거짓말! 너는 분명히 네가 실재한다는 것을 내게 납득시키려고 온 거야!"

"맞아. 하지만 자네처럼 양심적인 사람에게는 망설임, 불안, 부정과 긍정 간의 대결 같은 것들이 너무 고통스러워. 차라리 목을 매는 게 나을 정도이지. 나는 자네가 나를 조금이나마 믿고 있다는 걸 알고 있어. 내가 이 이야기를 해준 건 자네의 의혹을 더 부풀리기 위해서야. 그게 나의 새로운 방법이지. 내가 실재하지 않는다는 걸 확신하게 되면 자네는 거꾸로 내가 꿈이 아니라 실제로 존재한다고 내게 확신시키려 애쓰게 될 거야. 자네는 모든 걸 부정하려 하니까. 그러면 내 목적이 달성되는 거지. 얼마나 고결한 목적인가! 나는 자네 안에 아주 가벼운 신앙의 씨앗을 뿌린 거야. 그러면 그 씨앗이 자라서 참나무가 될 것이고, 자네는 그 커다란 참나무 그늘 아래에서 은자가 되는 꿈을 꾸게 될 거야. 자네 깊은 곳에는 신성한 고독 속에서 나무뿌리로 연명하는 삶을 살고 싶은 열망이 있어. 자네는 그런 삶을 향해 떠나게 될 거야!"

"이런, 못된 놈 같으니! 그러니까 너는 나를 구원하기 위해

이 짓을 한다는 거냐?"

"아, 한 번쯤은 착한 일을 해야 하지 않나? 왜 그렇게 화를 내나?"

"광대 같은 놈! 너는 그래, 황야에서 이끼에 덮인 채 17년이나 기도했던 자들을 유혹해본 적은 없었냐?"

"이보게, 내가 해온 거라곤 그 짓밖에 더 있겠나? 세상 전체는 다 잊고 자네처럼 귀중한 영혼에 매달리는 거야. 자네처럼 귀한 별은 천체 전부와 맞먹는 가치가 있거든. 우리들만의 독특한 계산법으로 계산해봤어. 그런데, 자네는 믿지 않을지 몰라도 그 은자들 중에는 자네만큼 머리가 좋은 친구들도 있어. 불신과 믿음의 심연을 동시에 바라보고 있다가 한 발자국만 내디디면 우리 곁으로 냉큼 올 수 있는 친구들이지."

"아, 제발 나를 내버려둬! 너는 정말 견디기 힘든 악몽일 뿐이야!"

이반이 신음하며 말했다. 그는 자신의 환시의 집요함에 자신이 점점 굴복해가고 있다고 느꼈다.

"아, 정말 지긋지긋해! 네놈을 쫓아낼 수만 있다면 무슨 값이라도 치르겠어!"

"제발, 자네 기대를 좀 낮춰보게. 내게 뭐, 위대하거나 아름다운 걸 바라지 말게. 그러면 우리는 한결 다정하게 지낼 수 있을 텐데."

신사가 달래는 어조로 말했다.

"자넨 내 초라한 몰골을 보고 화가 날 거야. 불에 탄 날개를 단 채 천둥이 울리고 번개가 번쩍이는 가운데 붉은빛에 휩싸여 나타나지 않았으니. 우선 자네의 미적 감각이 상처를 받았을 것이고 자존심도 상했을 거야. 뭐, 이렇게 생각하겠지. '어떻게 이런 초라한 악마가 나처럼 위대한 사람에게 찾아올 수 있다는 거야!' 자네에게는 낭만적인 기질이 있는 거야. 하지만 어쩌겠나, 젊은이. 나도 실은 태양과 별로 치장한 화려한 옷을 입고 자네 앞에 나타날까 생각했다네. 하지만 그러다가는 자네에게 실컷 얻어 맞을까봐 겁이 더럭 났던 거야. 그렇지 않아도 자네는 나보고 멍청이니, 바보니 마구 욕을 해대지 않았나?

뭐, 그렇게 욕해도 좋아. 자네와 머리 다툼을 할 생각은 전혀 없으니까. 파우스트 앞에 나타난 메피스토펠레스는 자신이 악을 행하겠다고 선언하고는 오히려 선만을 행했지. 그건 그 친구의 일이고, 나는 그 반대야. 나야말로 진리를 사랑하고 진심으로 선을 원하는 이 세상에서 유일한 존재일지 몰라. 나는 그리스도가 십자가에 못 박혀, 회개한 강도(强盜)의 영혼을 데리고 하늘로 올라갈 때 그 자리에 있었어. 나는 호산나를 부르며 환호하는 게루빔 천사들의 기쁨에 찬 외침도 들었고 우주를 떨리게 만드는 세라핌 천사들, 그 가장 드높은 천사들의 환희의 울부짖음도 들었어. 내 맹세하건대, 나도 그들과 합류해서 호산나를 외치고 싶었어. 아니, 가슴속에서는 이미 그 외침이 터져 나오려 하고 있었어. 자네도 알다시피 내가 좀 감정적인가? 게다가 미적인 감흥에 얼마나 잘 빠져드는가?

하지만 그놈의 양식(良識)이라는 놈이 내게 의무감을 일깨운 거야. 나를 의무의 울타리 안에 가둬버리고 그 결정적인 순간을 놓치게 만든 거야. 나는 생각했어. '아니, 나까지 호산나를 외치면 어찌 되는가? 이 세상이 모두 사라져버리고 아무 사건도 일어나지 않게 될 것 아닌가?' 그렇게 해서 나의 직업적 의무와 나의 사회적 조건이 내 선한 본능을 억압하고 추한 곳에 남게 만든 거야. 남들이 선의 영광을 독점해버리고 내게는 추한 것밖에 남지 않게 된 거야. 하지만 나는 그렇게 내게서 훔쳐간 영광을 질투하지 않아. 내게는 허영심이 없거든.

그런데 왜 모든 피조물 중에 오로지 나만이 명예로운 자들의 저주를 받아야만 하게 된 걸까? 거기에 내가 알 수 없는 신비가 있어. 하지만 아무도 내게 그 신비를 가르쳐주지 않아. 나마 저 호산나를 외친다면 이 세상에 필수 불가결인 부정(否定)이 사라지고 지혜만이 이 세상을 지배하게 될까봐 겁이 나서야. 그렇게 되면 모든 것이 사라질 것이고 신문이나 잡지도 없어질 거야. 도대체 그런 걸 누가 사보겠어? 나는, 모든 것이 끝날 때면 나도 그 수수께끼를 풀 수 있음을 잘 알고 있어. 1,000조 킬로미터를 걸어간 다음에 신과 화해하게 될 것임을. 하지만 그때까지 나는 뾰로통한 채 마음을 다잡고 내 운명을 이행할 거야. 바로 한 명을 구원하기 위해 수천을 파멸시키는 거지. 그 비밀이 밝혀지기까지 내게는 두 개의 진리가 존재하는 셈이야. 하나는 저들의 것으로서 내가 아직 모르는 비밀이고, 다른 하나는 바로 나의 진리지. 어느 게 더 나은지는 아직 알 수 없어……. 자네, 잠들었나?"

"네놈은 내 속에서 가장 야비한 것들, 내가 오랫동안 주물럭거리다가 내 머릿속에서 던져버린 것들을 마치 새로운 것인 양 내 앞에 늘어놓고 있을 뿐이야!"

"어휴, 또 실패했네. 문학적으로 표현하면 충분히 자네를 유혹할 줄 알았는데……. 호산나 비유는 괜찮지 않았어?"

"아니, 나는 결코 그런 종놈 같은 생각은 해본 적이 없어! 어떻게 내 영혼이 너처럼 종놈 같은 놈을 태어나게 했을까?"

"이보게, 나는 아주 젊고 생각이 깊은 러시아 도련님을 한 명 알고 있다네. 문학과 예술 애호가지. 게다가 '대심문관'이라는 아주 대단한 작품도 썼어. 나는 오로지 그 친구 생각만 하고 있는 거야."

"'대심문관' 이야기는 하지도 마!"

이반이 수치심에 얼굴을 붉히면서 말했다.

"'지질학적 대변동'은 어때? 그것도 서사시지?"

"입 닥치지 못해! 죽여버릴 테다!"

"천만에, 못 닥치겠는걸. 너무 재미있거든. 나는 삶에 대한 갈망에 불타는 젊은이들의 꿈을 사랑한단 말이야! 작년에 자네가 이곳으로 오기로 결심하면서 이렇게 속으로 말했지?

'그곳에는 새로운 사람들이 살고 있다. 그들은 모든 것을 파괴하고 식인종으로 되돌아가길 원한다. 바보 같으니라고! 내게 와서 자문도 하지 않다니! 내 생각에는 아무것도 파괴할 필요가 없다. 인간의 정신 속에서 신의 관념만 파괴하면 되고, 바로 거기서부터 출발해야 한다. 눈먼 자들! 그들은 아무것도 이해하지 못하고 있다. 인류 전체가 신을 부정하게 되면(나는 지질학적 시대와 나란히 전 지구가 무신론에 이르는 날이 오리라고 믿는다) 식인종으로 되돌아갈 것도 없이 모든 옛 체계들, 특히 옛 도덕이 붕괴하게 될 것이다. 사람들은 삶이, 오로지 현존하는 지상에서의 이 삶이 인간에게 줄 수 있는 모든 것을 그 삶에 요구하기 위해 한데 뭉칠 것이다. 인간의 정신은 위대해져서 거의 악마적으로 오만해질 정도로 고양될 것이며, 드디어 인신(人神)의 시대가 오게 될 것이다. 과학과 의지의 힘으로 끊임없이, 그리고 무한히 자연에 승리를 거둠으로써 누구나 드높은 환희를 맛보게 될 것이며, 그 환희가 천상에서 누리게 될 환희를 대신하게 될 것이다. 누구나 자기가 필경 죽을 수밖에 없음을 알게 될 것이며 그 어떤 부활도 염두에 두지 않게 될 것이다. 그리고 신처럼 오만하게 그리고 조용히 죽음을 받아들일 것이다. 그의 오만함이 인간의 삶이 너무 짧다고 불평하지 않게 해줄 것이며 그 어떤 보상도 바라지 않고 형제들을 사랑하게 해줄 것이다. 그 사랑은 순간적으로 지나가버리는 삶 속에서 만족감을 찾을 것이며, 그 순간적이라는 느낌 자체가 무덤 너머의 사랑을 갈망하며 무한히 불타올랐던 환희를 충분히 보상해주리라.'

그 밖에 뭐, 이러쿵저러쿵……. 아주 매력적이야."

이반은 귀를 틀어막고 방바닥을 내려다보며 몸을 부들부들 떨기 시작했다. 목소리는 계속되었다.

"젊은 몽상가는 이렇게 생각했지. '모든 문제는 여기에 있다. 그런 시대가 과연 올 것인가 안 올 것인가? 온다면 모든 것이 결정되고 인류는 새로운 세계를 건설할 것이다. 하지만 인간이라는 종족이 태생적으로 지닌 어리석음으로 보건대 1,000년이 지나도 그런 시대가 오지 않을 수도 있다. 그러니 이 진리를 의식하고 있는 몇몇 사람들은 이 새로운 원칙에 따라 자신의 삶을 새롭게 건설해도 된다. 그런 뜻에서 그들에게는 *모든 것이 허용되어 있다.* 그는 인신(人神)이 될 수 있으며 이전의 노예와 같은 인간들이 지녔던 온갖 도덕적 장벽들을 가볍게 뛰어넘을 수 있다. 신이 어찌 법률에 구애받을 수 있겠는가! *모든 것이 허용된다!* 그 한마디에 모든 것이 요약되어 있다.' 참, 솔깃한 말이야. 다만 사기를 치면서 진리라는 것은 왜 담보로 내세운 거야? 하긴 요즘 러시아가 다 그렇지. 진리의 승인 없이는 사기 칠 엄두도 못 낸단 말이야. 진리를 너무들 좋아해."

손님은 자기 열변에 취했는지 점점 더 목소리를 높였고 비아냥거리는 눈으로 주인을 바라보았다. 하지만 그가 채 할 말을 다 끝내기도 전에 이반이 찻잔을 집어 그에게 휙 던져버렸다.

"뭐야! 나를 자기 꿈이라고 여긴다면서 꿈을 향해 찻잔을 집어 던지다니!"

손님이 자리에서 일어나며 말했다.

그때였다. 갑자기 문을 쾅쾅 두드리는 소리가 났다.

"안 들려? 열어달라고."

손님이 외쳤다.

"자네 동생, 알료샤야. 아주 흥미진진한 소식을 갖고 왔을 거야. 믿어도 돼."

"입 닥치지 못해, 이 거짓말쟁이! 알료샤라는 건 너보다 내가 먼저 알았어. 예감하고 있었단 말이야. 그냥 왔을 리는 없으니 무슨 소식을 갖고 왔을 거 아니야!"

이반은 흥분해서 소리쳤다.

이번에는 창문을 쾅쾅 두드리는 소리가 났다. 이반은 몸을 움직이려 했다. 하지만 사슬에라도 묶인 듯 몸을 꼼짝도 할 수 없었다. 그는 사슬을 끊으려고 발버둥을 쳤지만 소용이 없었다. 창문을 두드리는 소리는 점점 더 거세졌다. 마침내 사슬이 끊겼고 이반은 소파에서 벌떡 일어났다. 그는 어리둥절해서 주변을 둘러보았다. 두 자루의 양초는 거의 다 타버렸고 그가 방문객을 향해 던진 찻잔은 탁자 위에 그대로 있었다. 맞은편 소파 위에는 아무도 없었다. 창문을 두드리는 소리는 계속되고 있었지만 꿈속에서처럼 요란하지 않고 조심스러웠다.

"이건 꿈이 아니야! 맹세코, 꿈이 아니야! 실제로 일어났던 일이야!"

이반은 이렇게 외치면서 창가로 달려갔다.

"알료샤! 오지 말라고 했잖아!"

이반이 화가 나서 소리쳤다.

"간단히 말해! 왜 온 거야? 한두 마디로 하라고! 듣고 있는 거야?"

"형, 한 시간 전에 스메르쟈코프가 목을 맸어."

알료샤가 대답했다.

"현관으로 올라와. 문을 열어줄게."

이반은 문을 열어주러 갔다.

제8장

알료샤는 한 시간 전에 마리야 콘드라치예브나가 자신에게 달려와 스메르쟈코프의 자살 소식을 전해주었다고 이반에게 말했다.

알료샤가 그녀와 함께 오두막으로 달려가보니 스메르쟈코프는 여전히 들보에 매달려 있었고 탁자 위에는 '나는 내 의지와 의도에 따라 스스로 목숨을 끊는다. 따라서 내 죽음에 대해 그 누구에게도 혐의를 두지 말라'라고 적힌 쪽지가 놓여 있었다. 알료샤는 쪽지를 그대로 둔 채 경찰서로 달려가 신고하고 이반에게 곧장 달려온 것이다.

알료샤는 이반의 얼굴을 주의 깊게 바라보았다. 이반의 얼굴 표정을 보고 몹시 충격을 받은 것 같았다.

“형, 형 정말로 몹시 아픈 것 같아. 내가 무슨 말을 하는지 영 모르겠다는 표정이야.”

“아, 너 잘 왔다.”

이반이 생각에 잠긴 듯 말했다. 마치 알료샤의 말은 전혀 들리지도 않는 것 같았다.

“나는 놈이 목맨 걸 알고 있었어.”

“누구한테 들었는데?”

“누구에게? 몰라. 어쨌든 그 사실은 알고 있었어……. 아니, 내가 누군지 알던가? 그래, 그놈이 말했어. 그놈이 방금 전에 말해줬어.”

“그놈? 그놈이 누구야?”

알료샤는 저도 모르게 방 안을 둘러보며 물었다.

“슬그머니 내뺐네. 네게 겁을 먹은 거야. 비둘기 같은 너에게……. 넌 게루빔이야.”

“형, 좀 앉아봐. 아니, 베개를 베고 눕는 게 낫겠어. 머리에 물수건 얹어줄까?”

“그래, 여기 의자 위에 있을 거야. 내가 거기 던져놨거든.”

“아니, 수건 있는 데는 내가 알아.”

알료샤는 방구석, 이반의 화장대 곁에 곱게 놓여 있던 깨끗

한 수건을 가져왔다. 이반은 이상하다는 듯 수건을 바라보았다.

"잠깐, 이상하네. 내가 한 시간 전에 물로 적셔서 머리 위에 얹었다가 여기다 던져놓았는데…… 수건이라고는 그것 하나뿐인데……. 아니, 양초는 왜 이렇게 다 타버린 거지? 지금이 몇 시야?"

"곧 12시야."

"아니야, 그럴 리 없어!" 이반이 소리를 질렀다. "그건 꿈이 아니었어. 그놈이 여기 와서 소파에 앉아 있었어. 네가 창문을 두드렸을 때 찻잔을 그놈에게 던졌어. 여기 이 찻잔을……. 잠깐, 전에도 그런 적이 있었어……. 알료샤, 나는 요새 꿈을 꿔……. 하지만 그건 꿈이 아니야! 현실이라고! 나는 걷고 말하고 보고 한다니까……. 하지만, 하지만, 나는 잠을 자고 있어……! 놈이 바로 이 소파에 앉아 있었어. 놈은 바보야, 알료샤! 정말 지독하게 바보라니까!"

이반은 웃음을 터뜨리더니 방 안을 서성였다.

"형, 대체 누구 얘기를 하는 거야? 누가 바보라는 거야?"

"악마! 놈이 내 집에 왔었어. 두세 번 들락날락했어. 하지만 사탄이 아니야! 놈은 사기꾼이야! 사탄을 참칭하는 시시껄렁한 악마일 뿐이야!"

알료샤는 수건을 적셔서 이반의 머리에 얹어준 후 옆자리에 앉았다.

"알료샤, 나는 카테리나가 무서워. 내일 나를 배반할 거야. 나를 발로 걷어찰 거야. 내가 질투 때문에 미챠를 파멸시키고 있다고 생각하거든……. 아, 내일은? 난 목을 매진 않을 거야. 알료샤, 넌 내가 자살하지 못할 놈이란 건 알고 있지? 비겁해서일까? 아니야, 나는 비겁하진 않아. 삶을 사랑하기 때문이야! 나는 스메르쟈코프가 목을 맸다는 걸 어떻게 알았을까? 그래, 놈이 내게 말해준 거야!"

"누군가 이 방에 들어왔던 게 확실해?"

알료샤가 물었다.

"저쪽 소파에 앉아 있었어. 네가 쫓아낸 것과 다름없어. 네가 오자 사라져버렸으니까. 알료샤, 난 네 얼굴이 좋아. 그런데 알료샤, 놈이 누군지 알아? 그건 바로 나야, 알료샤! 내 속에 들어 있는 모든 비열한 것들의 화신이야! 그래, 나는 낭만주의자야! 놈이 그걸 간파해냈어. 아, 하지만 놈은 내게 바른 소리를 많이 해주었어. 아마 나라면 하지 못했을 거야."

이어서 이반은 무슨 비밀이라도 털어놓듯이 진지하게 덧붙였다.

"그놈이 내가 아니고 진짜 그놈이길 내가 얼마나 바랐는지 알겠니?"

"그가 정말 형을 피곤하게 한 모양이네."

"정말 짜증 나게 만들었어. 그것도 아주 현명하게, 아주 현명하게 말이야! '양심이란 무엇이냐? 바로 자신이 만들어낸 것이다. 그런데 내가 왜 양심 때문에 괴로워하는가? 습관이기 때문이다. 7,000년 동안 인류가 익숙해진 습관 때문이다. 그러니 그것을 버려라. 그러면 우리는 신이 될 것이다.' 이게 놈이 한 말이야."

"형이 한 말이 아니라? 정말 형이 아니야?"

알료샤는 해맑은 눈으로 이반을 바라보며 자신도 모르게 말했다.

"그렇다면 형, 그는 잊어버려! 형에게 있는 악은 그가 다 가져가고 다시는 오지 못하게 해."

"알료샤, 놈은 심술궂어. 놈은 나를 놀렸어. 내 눈앞에서 나를 헐뜯었어. '오, 자네는 위대한 과업을 행하러 가려 하는군. 자네가 진짜 살인자라는 것을, 그 종놈은 자네의 사주를 받아 살인을 저질렀을 뿐이라는 것을 선언하려 하는 거지!'라고."

"형, 형은 아버지를 죽이지 않았어. 그건 사실이 아니야."

"놈은 또 이런 말도 했어. '자네는 선행을 하려 하지만 선행 따위는 믿지 않아. 그 때문에 자네는 괴로운 거야'라고."

"그런 말을 한 건 형이지 '그'가 아니야! 형이 병에 걸려 헛것을 본 거야."

"아니야, 놈은 자기가 무슨 말을 하는지도 잘 알고 있어! 남을 어떻게 괴롭힐 수 있는지도 잘 알고 있어. 놈은 잔인한 놈이야! 내게 무슨 말을 했는지 알아? '자네가 자존심 때문에 법정으로 간다고 치지. 그래도 자네는 희망을 품고 있었어. 무슨 희망? 스메르쟈코프의 죄가 발각되어 시베리아로 유형을 가고, 미챠가 누명을 벗으리라는 희망! 그리고 자네는 도덕적으로만 단죄를 받을 것이라는 희망!' 그 말을 하면서 놈은 웃었어. '몇몇 사람들이 자네를 칭송하리라는 희망 말이야. 하지만 이제 스메르쟈코프가 죽었으니 자네 혼자 하는 말을 누가 믿을까? 하지만 자네는 갈 거야. 암, 갈 거야. 가기로 작정했으니까. 하지만 대체 뭣 하러 가는 건가?' 이건 무서운 말이야, 알료샤! 그건 참을 수가 없어. 누가 감히 내게 그런 질문을 할 수 있다는 거지?"

"형…… 그가 어떻게 스메르쟈코프가 죽었다는 말을 형에게 할 수 있겠어? 아직 아무도 모르는데……."

"그놈이 말했다니까!"

이반이 추호도 의심할 수 없다는 듯 힘주어 말했다.

"놈이 또 이렇게 말했어. '대체 거길 왜 가겠다는 건가? 자네도 전혀 모르지. 그걸 알려면 많은 대가를 치러야만 할걸. 게다가 가기로 마음을 정했다고? 비겁해서 가는 거야. 감히 가지 않고는 못 배길 테니까. 왜 감히 가지 않고는 못 배기는가? 그건 자네가 직접 알아맞혀봐! 자네에게 주는 수수께끼야.' 그러고는 놈은 가버렸어. 놈은 나를 겁쟁이 취급했어. 그 수수께끼의 답은 내가 겁쟁이라는 거지. 스메르쟈코프도 비슷한 말을 했지. 그놈을 죽여야 해. 카챠(카테리나)는 나를 경멸하고 있어! 벌써 한 달째 나는 그걸 알고 있었어. 그리고 알료샤, 너도 나를 경멸하고 있어. 나는 다시 너를 증오하게 될 거야. 그리고 나는 저 괴물 같은 놈도 증오해! 나는 그 괴물을 구해주고 싶지 않아! 놈은 시베리아에서 썩어버리라지! 그 괴물 같은 놈이 찬송가를 부르기 시작했다고? 오, 나는 내일 갈 거야. 모두의 얼굴에 침을 뱉어주기 위해서 갈 거야!"

말을 마친 이반은 벌떡 일어나더니 방 안을 성큼성큼 걸어다니기 시작했다. 알료샤는 의사를 불러오고 싶었지만 형을 혼자 내버려둘 수 없었다. 이반은 차츰차츰 정신을 잃어갔다. 그는 종잡을 수 없는 말을 하다가 그대로 쓰러졌다. 알료샤는 간신히 그를 부축할 수 있었다. 알료샤는 이반을 침대로 데려가 눕혔다. 알료샤는 이반의 침대 곁에 두 시간을 더 앉아 있었다. 그는 두 형, 미챠와 이반을 위해 기도한 후 소파에 누웠다. 그는 이반이 무슨 병을 앓고 있는지 차츰 이해가 되었다.

'너무나 오만해서 나온 고뇌고, 너무나 양심적이어서 나온 고뇌야!'

이반은 하느님과 하늘의 진리를 밀어내려 했지만 자신도 모르게 하느님이 그의 마음에 자리 잡은 것이라고 그는 생각했다. 이어서 그의 생각이 이어졌다.

'그래, 스메르자코프가 죽었으니 아무도 형의 말을 믿지 않을 거야. 하지만 형은 갈 거야. 그리고 증언할 거야.' 이반은 조용히 미소를 지었다. '하느님이 승리하실 거야. 이반이 진리의 빛 속에서 다시 우뚝 서게 되든지…… 아니면 스스로 납득할 수 없는 믿음에 굴복했다는 생각에 스스로에게, 또 다른 이들에게 복수하면서 증오 속에 파멸하든지, 둘 중 하나겠지.'

알료샤는 쓰라린 마음으로 다시금 이반을 위해 기도했다.

제10부 오심

제1장

다음 날 아침 10시 드미트리 표도로비치 카라마조프의 재판이 열렸다. 이 사건은 러시아 전체를 떠들썩하게 만들었다. 모스크바와 페테르부르크를 비롯해 전국 각지에서 사람들이 모여들었고 사람들은 방청권을 구하기 위해 온갖 수단을 다 동원해야 했다. 여기서 한 가지 흥미로운 사실을 지적하지 않을 수 없다. 부인들은 거의 모두가 미챠 편을 들면서 그가 무죄판결을 받기를 원했던 반면에 대부분의 남자는 피고에게 반감을 품었다는 사실이다.

재판이 시작되기 오래전부터 법정은 이미 입추의 여지가 없었다. 재판관석 오른쪽에는 배심원석이, 왼쪽에는 피고와 변호인석이 있었으며 재판관석 가까이에 피범벅이 된 미챠의 실내

복, 공이, 소매에 피가 묻은 셔츠와 손수건, 권총, 3,000루블이 들어 있던 봉투 등의 물증들이 놓인 책상이 있었다.

10시 정각에 재판장을 비롯한 세 명의 재판진이 나타났다. 물론 검사도 나타났다. 배심원은 모두 열두 명이었다. 네 명은 우리 도시의 관리, 두 명은 상인이었고 나머지 여섯 명은 이 도시의 농부였다. 우리 도시의 사람들, 특히 부인네들은 이토록 민감하고 심리적으로 복잡한 사건을 그토록 단순무식한 사람들이 어떻게 제대로 이해할 수 있겠느냐며 의아해했다. 그럼에도 불구하고 배심원들의 표정에는 잔뜩 위엄이 서려 있었다.

마침내 재판이 시작되었고 재판장은 피고를 데려오라고 명령했다. 법정이 일순 찬물을 끼얹은 듯 조용해졌다. 곧이어 미챠가 나타났다. 단언하지만 미챠는 방청객들에게 매우 좋지 않은 인상을 주었음에 틀림없다. 그가 새로 맞춰 입은 프록코트에 염소 가죽 장갑, 새하얀 와이셔츠 등으로 한껏 멋을 내고 나타난 것이다. 그는 당당하게 성큼성큼 걸어 들어와 태연자약한 표정으로 피고석에 앉았다.

그의 뒤를 따라 저명한 변호사인 페츄코비치가 나타났다. 어쩐지 법정 안이 소리 없이 웅성거리는 것 같았다. 후리후리한 키에 깡마르고 다리도 가늘고 긴 마흔 살쯤 되어 보이는 사내였다. 말끔하게 면도를 한 얼굴에 짧은 머리를 하고 냉소도 미소도 아닌 웃음을 흘리고 있었다. 너무 가까이 붙어 있는, 표정이 드러나 있지 않은 두 눈만 아니었다면 대체로 호감이 가는 인상이었다고 할 만했다. 그 두 눈 사이에 가느다란 코가 간신히 자리 잡고 있는 것이 한 마디로 영락없이 새를 연상시키는 얼굴이었다. 그는 연미복을 입고 하얀 넥타이를 매고 있었다.

재판장이 미챠에게 이름, 지위 등 신분에 관한 질문을 했고 미챠는 방청석이 술렁일 정도로 큰 소리로 대답했다. 이어서 증인들의 명단이 호명되었다. 주요 증인 중의 한 명인 호흘라코바 부인은 병 때문에 출석하지 못했고 스메르쟈코프도 갑자기 죽어버렸기에 당연히 출석하지 못했다.

스메르쟈코프가 죽었다는 사실이 알려지자 법정은 술렁거리기 시작했다. 아직 그의 죽음은 사람들에게 알려지지 않았던 것이다. 하지만 무엇보다 충격적이었던 것은 미챠의 돌출 행동이었다. 그가 죽었다는 사실이 발표되자마자 미챠는 느닷없이 큰 소리로 고함을 질렀다.

"개 같은 놈은 개처럼 죽는 법이다!"

변호사가 곧 그에게 조용히 하라고 주의를 주었고 재판장도 그에게 경고를 주었다.

이어서 서기가 기소장을 낭독했다. 낭독이 끝나자 재판장이 미챠에게 물었다.

"피고, 피고는 피고의 유죄를 인정합니까?"

"제가 술꾼이며 난봉꾼이고 게을렀다는 것에 대해서는 유죄를 인정합니다. 운명이 제게 채찍질을 가한 순간에는 저를 고치려고도 했습니다. 하지만 저의 적이면서 저의 아버지였던 노인의 죽음에 관한 한 저는 무죄입니다. 도둑질도 하지 않았습니다. 절대로! 그런 짓은 할 줄도 모릅니다! 드미트리 카라마조프는 건달일지는 몰라도 도둑놈은 아닙니다!"

그는 열광적으로 말을 마친 뒤 자리에 앉았다. 그는 온몸을 부들부들 떨고 있었다. 재판장이 그에게 질문한 것에 대해서만 좀 더 간단하게 대답하라고 주의를 주었다. 이어서 증인 심리가 이어진다고 재판장이 말했고 증인들이 차례로 나와 선서를 했다. 하지만 피고의 동생들은 선서를 면제받았다. 이윽고 증인들이 한 명씩 증인대로 나왔다.

제2장

나는 증인들이 증언한 내용을 자세히 여러분에게 소개할 의도가 전혀 없다. 다만 한 가지, 법정에 모인 거의 모든 사람이 미챠의 유죄를 확신하고 있었다는 말은 전해야겠다. 그의 무죄 판결을 바라는 부인네들조차 그가 유죄임을 확신했다. 그래야만 그가 무죄판결을 받았을 때의 극적인 효과가 배가되지 않겠는가! 그리고 부인들은 그가 유죄임을 확신하면서 동시에 그가 무죄판결을 받으리라고 확신하고 있었다. '유죄임을 인정하나, 새로운 인도주의, 요즘 새로 나타난 이념과 보편적 감정에 따라, 운운……'이 그녀들이 기대하는 선고문이었으며 바로 그런 기대에 조바심을 내며 법정에 몰려든 것이었다.

우선 그리고리에 대한 증인신문이 시작되었다. 심문은 검사와 변호사의 순으로 진행되었다. 나는 검사가 그리고리에게 쏟아놓은 질문을 상세하게 늘어놓아 독자 여러분을 지루하게 할 생각은 없다. 검사는 세세한 가정사부터 캐물었고 그리고리는 미챠의 어린 시절부터 상세히 진술했다. 그 질문과 대답을 통해 증인이 솔직하고 공평하다는 점이 부각되었다. 또한 검사는 그리고리의 입을 통해 미챠가 아버지를 때린 일, 아버지를 죽이겠다고 협박한 일들을 정확히 진술하게 했다. 그리고리는 미챠가 자신을 때린 일에 대해서도 차분하고 당당하게 진술했으며 마지막으로 정원을 향한 문이 열려 있었다는 사실에 대해서는 조금도 물러나지 않고 거의 맹세 조로 확언했다.

변호사 차례가 되자 변호사는 3,000루블이 들어 있던 봉투에 대해 물었다. 미리 말하는 것이지만 변호사는 증인들 모두에게 그 봉투에 대해 물었다. 그가 그 봉투에 집착하고 있음이 분명했다. 그리고리는 변호사의 질문에 그 봉투를 보지 못한 것은 물론이고 사람들이 그 봉투 이야기를 할 때까지 그런 봉투가 있다는 사실조차 몰랐다고 진술했다. 그러자 변호사가 이어서 물었다.

"괜찮으시다면 이런 질문을 해도 되겠습니까? 그날 저녁, 당신은 병이 들어서 민간요법의 약을 온몸에 발랐다고 했지요?"

"그렇습니다."

"그 약의 성분이 무엇이었습니까?"

그리고리는 왜 이런 질문을 하는 건가, 라는 듯 멍한 표정으로 변호사를 바라보더니 대답했다.

"샐비어입니다."

"그것뿐입니까? 다른 성분들도 말해주시지요."

"질경이와 후추, 그 외에 뭐, 여러 가지 섞였겠지요."

"아, 네, 좋습니다. 그걸 보드카에 담갔었지요?"

"그렇소. 보드카 원액에 담갔소."

법정에 킥킥대는 웃음소리가 번지기 시작했다.

"그렇군. 보드카 원액이라……. 그걸 등에 문지른 뒤, 무슨 비밀 주문을 외우면서 마셨겠군요. 그렇지 않습니까?"

"마셨습니다."

"대략 얼마나 마셨지요?"

"물컵으로 한 잔 마셨습니다."

"물컵으로 한 잔이나! 혹시 한 잔 반 정도를 마셨던 건 아닌가요?"

그리고리는 입을 다물었다. 무슨 뜻으로 질문을 하는 건지 알아낸 것 같았다.

"순 알코올을 한 잔 반 정도 마셨다면 상당한 양이로군요. 그 정도 마셨다면 천국의 문이 열린 것도 볼 수 있었겠군요."

그리고리는 여전히 입을 다물고 있었다. 법정 안에 다시 킥킥거리는 웃음소리가 퍼져나갔다. 페츄코비치 변호사는 다시 집요하게 물었다.

"혹시 정원을 향한 문이 열려 있는 것을 보았다고 한 바로 그 순간에 깨어 있지 않은 건 아니었습니까?"

"아니오! 두 발로 똑바로 서 있었소!"

"두 발로 서 있었다는 게 깨어 있었다는 증거는 되지 못하지요." 다시 웃음소리가 더 크게 퍼져나갔다. "그 순간 실제로 올해가 몇 년도인지 누가 물어보았다면 대답할 수 있었겠습니까? 그러니까 올해가 그리스도 탄생 후 몇 년도인지 말씀하실 수 있었겠습니까?"

그리고리는 두려운 표정으로 자신을 이토록 괴롭히는 자를 뚫어져라 바라보고만 있었다. 이상한 노릇이지만 그는 실제로 올해가 몇 년인지 모르고 있었다. 변호사가 다시 입을 열었다.

"실례지만, 증인은 증인의 손가락이 전부 몇 개인지는 알고 계신지요?"

"나는 비천한 놈이올시다."

갑자기 그리고리가 또박또박 말했다.

"높으신 양반들이 나를 비웃을 작정이라면 감수하겠소이다!"

변호사는 약간 당황한 듯했다. 마침 재판장이 사건과 관련 있는 질문을 하라고 변호사에게 주의를 주자 변호사는 더 이상 질문이 없다며 물러섰다. 하지만 증인이 '천국의 문'도 볼 수 있는 상황에서 행한 진술이 과연 신빙성이 있을까 하는 의문을 던진 셈이었으니 소기의 목적은 달성한 셈이었다.

그리고리가 퇴장하기 전에 재판장이 피고에게 증인의 대답 중에 지적할 점은 없냐고 물었다. 그러자 미챠가 큰 소리로 대답했다.

"문에 관한 것만 빼놓고는 모두 사실입니다. 제 몸의 이(虱)를 잡아준 것에 대해 감사드리고 제가 구타한 것을 용서해준 것에 대해서도 감사드립니다. 노인은 한평생 정직했으며 아버지에게는 삽살개처럼 충직했습니다."

그리고리가 자기는 삽살개가 아니라고 투덜댔으며 그리고리의 심문은 그것으로 끝났다.

이어서 라키틴이 증언대에 섰다. 라키틴은 놀라울 정도로 많은 것을 알고 있었다. 그는 특히 선술집 '수도'에서 미챠의 언행이 얼마나 난폭했는지 스네기료프 사건을 예로 삼아 상세히 진술했다. 라키틴은 증언대에 선 것을 기회 삼아 이 사건은 아직 잔재가 남아 있는 농노제의 낡은 풍습 때문에 벌어진 일이며 적절한 사회제도가 마련되지 않은 러시아 사회가 낳은 비극이라고 일장연설을 늘어놓다가 재판장의 제지를 받았다. 하지만 그로서는 자신의 이름을 알릴 기회를 얻은 셈이었고 방청석에서는 박수가 터져 나오기도 했다.

하지만 능란한 변호사에 의해 라키틴 역시 봉변을 겪었다. 변호사는 그가 알료샤를 그루셴카의 집으로 데려가는 데 성공한 후 그루셴카에게서 25루블을 받은 일을 물고 늘어졌다.

"그 돈을 받은 건 확실하지요? 지금까지 돌려주지 않으셨고……. 혹시 돌려주셨습니까?"

"아니, 장난한 걸 가지고, 왜? 물론 돌려줄 겁니다."

라키틴은 황급히 대답한 후 얼굴이 벌게진 채 증인석에서 물러났다.

이어서 스네기료프가 증인으로 나섰지만 그는 술에 잔뜩 취한 채 나타나 횡설수설만 늘어놓고 가버렸다.

이번에는 미챠가 그루셴카와 함께 질펀하게 놀았던 모크로예의 여관 주인 트리폰 보리스이치의 차례였다. 그는 미챠가 한 달 전에 쓴 돈이 3,000루블에서 단 한 푼도 모자라지 않다고 자신 있게 말했다. 그는 미챠가 쓴 돈을 마치 주판알 튕기듯 정확하게 셈까지 해주며 단언하듯 말했다.

"저분의 손 안에 3,000루블이 들려 있던 걸 제가 똑똑히 보았습니다요. 1코페이카까지 똑똑히 보았습지요. 저 같은 사람이 돈 계산을 못 할 리 있겠습니까?"

변호사의 심문 차례가 되었다. 변호사는 트리폰의 증언에 대해서는 한 마디도 논박하지 않고 전혀 다른 이야기를 꺼냈다.

"내가 듣기로는 피고가 한 달 전에 그곳에서 술판을 벌였을 때 술 취한 나머지 현관 바닥에 100루블을 떨어뜨린 일이 있다고 했소. 마부와 농군 한 명이 그 돈을 주워 당신에게 주자 당신이 그들에게 1루블씩 주었다고 하더군. 사실이지요?"

트리폰은 아무 대답도 하지 못했다.

"그렇다면 당신은 그 돈을 드미트리 표도로비치 씨에게 돌려주었나요?"

드미트리는 분명히 그 돈을 돌려주었고 드미트리가 취한 상태였기에 기억을 못 할 것이라고 강변했지만 그의 진술도 사람들에게 그 신빙성을 의심받기에 충분했다.

마지막으로 폴란드 신사들이 증인석에 불려 나와 미챠에게 불리한 증언을 했지만 변호사는 아주 능란한 솜씨로 그들이 사기 도박꾼에 불과하다는 사실을 자신들 입으로 자백하게 만들었다. 게다가 칼가노프 자신이 그 사실을 확인해준 셈이었으니 두 폴란드 신사는 방청객들의 비웃음을 받으며 물러날 수밖에 없었다. 미챠에게 불리한 증인들이 하나같이 변호사의 솜씨에 의해서 비웃음을 받으며 물러나게 된 것이다. 페츄코비치는 그들이 한 증언의 신빙성과 그들의 도덕성을 의심하게 만들며 콧대를 꺾어버렸다. 법조인과 법률 애호가 들은 그의 솜씨에 혀를 내두르면서도 과연 그것이 무슨 소용이 있을까 의아해했다. 피고가 범죄를 저질렀다는 증거가 점점 더 확실해져갔기 때문이었다. 하지만 이 '위대한 마법사'의 확신에 찬 태도에 사람들은 기대감을 버리지 못했다.

'그런 사람이 페테르부르크에서 여기까지 괜히 왔을까? 절대로 빈손으로 돌아가지 않을 거야.'

제3장

이제 변호사 측 증인신문 차례가 되었다. 제일 먼저 증인대에 선 것은 알료샤였다. 그에게는 검사 측이건 변호사 측이건 우호적이었고, 알료샤 역시 그들에게 그러했다. 그는 겸손하고 절제된 태도로 심문에 응했다. 하지만 그의 발언 속에는 형 미챠를 향한 짙은 애정이 배어났다.

그는 형이 열정에 사로잡히기 쉬운 성격이라고 말했다. 하지만 형은 고결하며 자존심이 강하고 관대하며 필요시에는 자신을 희생할 수도 있는 사람이라고 덧붙였다. 그는 최근 형이 그루셴카를 향한 열정적 사랑 때문에 아버지와 연적 관계가 되었고, '살아가기가 힘들 정도였다'라고 진술했다. 하지만 돈 때문에 형이 아버지를 죽였으리라는 가정은 있을 수도 없는 일이라고 강하게 부정했다. 대신 형은 그 돈 3,000루블을 언제나 자기 돈으로 생각하고 있었기에 그 돈 이야기만 나오면 대단히 흥분했다는 사실은 인정했다.

"전에 당신의 형이 아버지를 죽일 작정이라는 말을 하기는 했지요?"

검사가 물었다.

"대답하기 곤란하면 대답하지 않아도 됩니다."

"직설적으로 말한 적은 없습니다."

"간접적이라면, 어떤 식으로?"

"형은 어느 날 아버지를 증오한다고 말한 적이 있습니다……. 아마도…… 극단적인 경우에 몰리면…… 자신이 아버지를 죽이게 될지도 모른다고, 겁을 내고 있었던 것 같습니다."

"그 말을 믿었습니까?"

"확실히 말씀드리기 어렵습니다. 저는 늘 결정적인 순간이 오면 형이 지닌 그 어떤 고결한 감정이 형을 구원해주리라 믿고 있었습니다. 그리고 실제로 그렇게 되었습니다. 형은 아버지를 죽이지 않았으니까요."

알료샤는 온 법정이 울릴 정도로 힘차고 단호하게 말했다.

검사는 나팔 소리에 군마가 몸을 떨 듯 몸을 떨었다.

"당신이 진실을 말한다는 것을 믿습니다. 당신이 형제간의 애정으로 그런 말을 하는 것이 아님도 믿습니다. 하지만 그 의견은 오로지 당신만의 의견이라는 말씀을 드리지 않을 수 없군요. 당신 의견은 예심 과정에서 얻은 모든 증언과 상치됩니다. 그래서 다음과 같은 질문을 꼭 드리지 않을 수 없습니다. 대체 무슨 근거로 당신의 형님이 무죄이며, 예심 때 당신이 지목한 다른 사람이 죄인임을 확신할 수 있었습니까?"

"예심 때는 그저 질문에만 대답했을 뿐입니다."

알료샤가 조용히 말했다.

"저는 스메르쟈코프를 범인으로 고발하지는 않았습니다."

"어쨌건 그를 지목했지요?"

"예, 그렇습니다. 드미트리 형이 확신했기 때문입니다. 저는 형이 결백하다고 확신하고 있습니다. 만약 형이 아니라면, 그렇다면……."

"스메르쟈코프란 말이로군요. 하지만 왜, 꼭 그 사람이지요? 왜, 형님의 결백을 그렇게 확신하시는 거지요?"

"저는 형의 말을 의심할 수 없습니다. 형은 거짓말을 못 한다는 걸 잘 알고 있으니까요. 게다가 형의 얼굴에서 진실을 읽을 수 있었습니다."

"형님의 얼굴이라고요? 그게 당신이 내세우는 증거의 전부란 말입니까?"

"다른 증거는 없습니다."

"그러면 스메르쟈코프가 유죄라는 다른 증거도 없단 말이로군요. 당신 형님의 말씀과 그 얼굴 외에는……."

"없습니다."

검사는 질문을 중단했다. 알료샤의 진술은 방청객들을 실망시켰다. 이미 항간에는 스메르쟈코프에 대한 온갖 유언비어들이 떠돌고 있었으며 알료샤가 그의 유죄를 증명할 만한 증거들을 잔뜩 모아놓았다는 말도 떠돌았다. 그런데 정작 진술을 듣고 보니 피고의 친동생 입장에서 당연히 가질 만한 심리적 확신 외에는 아무것도 없는 셈이었다.

이번에는 변호사 차례였다. 페츄코비치는 알료샤에게 미챠가 정확히 언제 아버지에 대한 증오를 그의 앞에서 표출했는지 물었다. 변호사의 질문을 듣고 잠깐 생각에 잠겨 있던 알료샤는 갑자기 몸을 부르르 떨었다. 순간 어떤 생각이 번개처럼 스쳐 지나간 것이다.

'그래, 그때 수도원으로 돌아갈 때 형이 갑자기 나타나서 가슴을 치며 말했었지. 이 가슴에 치욕이 있다고! 명예를 회복할

수단이 있긴 하지만 그러지 않겠다고!'

알료샤는 당시 상황을 설명한 뒤 말했다.

"어쩌면 형은 가슴을 치면서 1,500루블이 들어 있던 주머니를 가리킨 건지도 모릅니다."

"맞아, 알료샤!"

미챠가 그 자리에서 소리쳤다.

"바로 그거야, 알료샤! 바로 그 주머니 위를 친 거야!"

변호사는 미챠에게 진정하라고 말한 후 곧바로 알료샤에게 말을 계속하라고 했다.

"맞아요!"

알료샤가 모든 것을 알겠다는 듯 흥분해서 말했다.

"카테리나에게 1,500루블을 돌려주면 절반이나마 치욕에서 벗어날 수 있지만 그 길을 마다하고 그루셴카와 그 돈을 써버리겠다고 한 겁니다! 그렇게 할 힘이 자신에게 없다는 것을 미리 알고 제게 말해준 겁니다!"

"그럼 증인께서는 피고가 정확히 가슴의 어느 부분을 쳤는지 기억하고 있습니까?"

"기억하다마다요! '왜 저렇게 높은 곳을 치지? 가슴은 아래에 있는데……'라고 의아하게 생각할 정도였으니까요."

그러자 검사가 나서서, 피고가 정확히 뭔가를 가리켰느냐, 아니라면 그냥 주먹으로 가슴팍을 친 것일 수도 있지 않느냐고 알료샤에게 물었다.

"주먹으로 친 것도 아니었습니다."

알료샤가 대답했다.

"분명히 손가락으로 여기 위쪽을 가리켰어요. 어떻게 지금까지 그걸 까맣게 잊고 있었지?"

재판장은 미챠에게 이 증언에 대해 할 말이 있느냐고 물었고 미챠는 모든 것이 사실이라고 말한 후 알료샤에게 고맙다고 말했다.

알료샤의 증언은 끝났다. 알료샤의 증언은 미챠를 위해서는 아주 중요한 전환점이었다. 새로운 사실이 들추어진 것이다. 그의 증언은 비록 그 증거가 극히 미비하고 오로지 심증에 불과하긴 했지만 그 주머니가 실제로 존재했고 그 안에 1,500루블이 들었을 수도 있으며, 모크로예의 예심에서 미챠가 한 말이 거짓말이 아닐 수도 있다는 생각을 사람들에게 심어주기 시작한 것이다.

이어서 카테리나 이바노브나의 심문이 시작되었다.

그녀가 법정에 들어서자 동요가 일었다. 부인들은 쌍안경을 집어 들었고 사내들은 들썩였으며 그녀의 모습을 제대로 보기 위해 자리에서 일어나는 사내들도 있었다. 미챠는 백지장처럼 창백해졌다. 온통 검은 옷으로 차려입은 카테리나는 겸손하다 못해 거의 부끄러워하는 태도로 증인석으로 다가갔다. 얼굴 표정은 차분해 보였지만 어두운 시선은 뭔가 결의에 차 있음을 드러내고 있었다. 그녀는 놀라울 정도로 아름다웠다.

재판장은 마치 그녀의 마음의 줄 한 가닥이라도 건드릴까봐 조심하듯 아주 공손하게 그녀의 신분에 대해 질문했다. 그 질문이 나오자마자 그녀는 피고가 자신을 버리기 전까지는 그의 약혼자였다고 선언하듯 말했다.

이어서 친척들에게 송금하라고 미챠에게 맡긴 3,000루블에 대해 질문을 받자 그녀는 단호하게 대답했다.

"당장 송금하라는 뜻이 아니었어요. 저는 당시 저분이 돈이 몹시 필요하다는 것을 알고 있었어요. 한 달 안에 언제고 저분이 원할 때 보내라는 뜻으로 그 돈을 건네준 거예요. 그 빚에 대해 저분은 공연히 그토록 괴로워하신 거지요. 저는 저분이 아버지로부터 돈을 받기만 하면 제게 돌려주리라고 굳게 믿고 있었어요. 저는 저분이…… 정직한 분이라는 것을…… 특히 돈

문제에 관한 한 더할 나위 없이 정직한 분이라는 것을 믿었어요. 저는 저분이 아버지와 불편한 관계라는 것을 알고 있었어요. 그리고 그때나 지금이나 저분이 아버지에게 부당한 대우를 받았다고 믿고 있어요. 하지만 제 앞에서 아버지에 대한 위협적인 말을 한 적은 없습니다. 만일 저분이 그때 제게 찾아왔더라면 저는 저 불운한 3,000루블은 걱정할 필요 없다고 안심시켜주었을 겁니다. 하지만 저분은 찾아오지 않았지요. 저도…… 저분을 제집으로 부를 처지가 아니었고…… 게다가…… 저는 그 빚을 놓고 저분에게 까탈을 부릴 처지도 아니었어요."

그녀는 마치 뭔가 굳은 결심을 한 듯, 목소리에 힘을 주었다.

"저는 언젠가 저분의 도움을, 그러니까 3,000루블보다 훨씬 많은 돈을 받은 적이 있어요. 5,000루블을요. 도대체 언제 갚을 수 있을지 알 수 없는 상황에서 그걸 받아들인 거예요."

나는 그 순간을 도무지 잊을 수 없다. 그녀는 전에 있었던 일을 하나도 남김없이 다 털어놓았던 것이다! 그처럼 도도한 그녀가, 함부로 범접하기 어려울 정도로 고고해 보이는 그녀가, 혼자 남자 집에 찾아갔었다는 이야기를 털어놓았던 것이다!

그녀의 이야기가 끝나자 방청객들은 모두 감동한 표정이었다. 나중에는 이러쿵저러쿵 쑥덕거리며 그녀를 비난할지 몰라도 그 순간만은 모두들 감동을 받았다. 검사조차 그녀에게 아무런 질문도 던지지 않았고 변호사는 허리를 깊숙이 숙여 그녀에게 감사를 표했다. 그 순간 그는 승리를 손에 잡은 듯했던 것이다. 관대함에 사로잡혀 자신의 마지막 재산인 5,000루블을 탈탈 털어내주었던 고결한 사람이 3,000루블이 탐나서 아버지를 죽인다는 게 말이 되는가? 분위기는 미챠에게 우호적으로 기울고 있었다.

미챠는 카테리나가 증언하는 동안 몇 번이고 벌떡 일어났다가 다시 주저앉아 얼굴을 두 손으로 가리곤 했다. 그리고 그녀가 증언을 끝내자 자리에서 일어나 그녀를 가리키며 외쳤다.

"카챠! 왜 나를 파멸시키는 거야!"

그는 울먹이고 있었다. 그는 다시 소리쳤다.

"오, 이제 나는 유죄 선고를 받았도다!"

카테리나는 창백해진 얼굴로 고개를 떨어뜨린 채 그 자리에 앉아 마치 열병에라도 걸린 듯 몸을 부들부들 떨고 있었다.

다음에 소환된 사람은 그루셴카였다.

그녀도 검은 옷을 입고 어깨에는 화려한 숄을 두른 채 법정에 나타났다. 그녀는 재판장을 똑바로 쳐다보며 증인석으로 걸어가 앉았다.

검사가 표도르가 그녀에게 주려고 준비해 둔 3,000루블을 본 적이 있느냐고 묻자 그녀는 본 적이 없다고, 다만 '악당'에게서 그런 것이 있다는 소리만 들었다고 말하고 덧붙였다.

"다 바보 같은 짓이에요! 무슨 일이 있어도 그리로 가지 않았을 테니까!"

"누가 '악당'이라는 거지요?"

검사가 물었다.

"하인 스메르쟈코프 말이에요. 주인을 죽이고 자기도 어제 목을 맨 그놈!"

검사는 무슨 근거로 그가 주인을 죽였다고 단정 지을 수 있느냐고 그녀에게 물었다.

"미챠가 그렇게 말해주었어요."

그녀가 대답했다.

"여러분도 그걸 믿어야 해요. 그를 파멸시킨 건 그 여자예요. 모든 게 그 여자 때문이에요!"

그녀는 증오로 몸을 떨면서 덧붙였다. 그 목소리에 독기가 서려 있었다.

"지금 누구 이야기를 하는 겁니까?"

“바로 저 숙녀분, 카테리나 이바노브나 말이에요. 저를 자기 집으로 불러서 꾀려고 했어요. 정말 염치고 뭐고 없는…….”

재판장이 지나친 표현은 삼가라며 그녀를 저지했다.

검사가 그루셴카에게 물었다.

“피고가 체포되었을 당시 증인이 뛰어들며 ‘제가 죄인이에요! 사형장에라도 따라가겠어요!’라고 외쳤지요? 그러니까 당시, 피고가 범인임을 확신하고 있던 것 아닙니까?”

“그때 제 생각이 어땠는지 기억나지 않아요. 다만 저분이 제게 무죄라고 말한 이상, 저분은 죄가 없어요. 저는 저분의 말을 믿었고 지금도 믿고 있으며 언제나 믿을 거예요. 저분은 절대로 거짓말을 할 사람이 아니에요.”

사족이 될지 모르지만 한 가지만 더 덧붙이자. 혹시 궁금해하던 독자 여러분이 있었다면 그 궁금증을 풀어주기 위해서다.

검사의 질문이 끝나자 변호사가 그루셴카에게 알렉세이 표도로비치를 그녀 집에 데려온 대가로 라키틴에게 25루블을 준 일에 대해 물었다. 그러자 그루셴카가 경멸이 잔뜩 담긴 웃음을 띠며 되물었다.

“아니, 그가 돈을 받은 게 뭐, 이상한 일인가요? 한두 번 그런 것도 아닌데. 늘 찾아와서 돈을 뜯어 갔고, 한 달에 30루블

정도는 꼬박꼬박 받아 갔을 거예요."

"무엇 때문에 그 사람에게 그렇게 관대했던 거지요?"

"당연하지요. 제 이종사촌 동생이니까요. 우리 어머니가 걔 큰 이모예요. 걔는 제발 아무에게도 그런 이야기 하지 말라고 신신당부했는데……."

아무도 모르던 이야기였다. 그루셴카가 대답하는 동안 방청석에 앉아 있던 라키틴의 얼굴이 붉으락푸르락했던 것은 물론이다. 그루셴카는 법정에 들어서면서 라키틴이 미챠에게 불리한 증언을 했다는 사실을 알고 화가 나서 이 사실을 폭로한 것이다. 그 때문에 러시아의 현실에 대해 고고한 연설을 늘어놓았던 라키틴의 체면이 완전히 손상되었음은 물론이고, 미챠에 대한 그의 증언들도 그 신빙성을 의심받게 되었다. 변호사 페츄코비치는 적이 흡족해했다.

그루셴카에 이어서 증인으로 나선 사람은 이반 표도로비치였다.

제4장

원래 이반은 알료샤보다 먼저 출두 요청을 받았다. 하지만 그가 병을 앓고 있어 당장 출두하기 어려우며 몸이 회복되는 즉시 출두 준비를 시키겠다는 집행관의 보고가 재판장에게 전달되었다.

이반은 재판이 진행되는 도중 그 누구의 눈에도 띄지 않고 슬그머니 법정에 들어섰다. 고개를 잔뜩 숙인 채 무언가 생각에 잠긴 모습이었다. 옷차림은 단정했지만 얼굴은 병색이 완연했다. 얼굴에 혈색이라고는 없어서 마치 죽음이 임박한 사람 같았으며 눈은 흐리멍덩했다. 그는 눈을 들어 법정 안을 둘러보았다. 알료샤가 엉거주춤 몸을 일으키며 "아!" 하는 신음 소리를 냈지만 그를 주목하는 사람은 아무도 없었다.

이반은 증인석에 앉았다. 재판장이 증언에 대한 일반적인 주의 사항을 이반에게 말해주는 사이 그는 흐릿한 시선으로 재판장을 바라보았다. 재판장이 말을 끝내자 그가 갑자기 웃음을 터뜨렸다.

"또 뭐가 있습니까?"

이반이 갑자기 큰 소리로 외쳤고 법정은 일순 조용해졌다. 재판장은 불안해지기 시작했다.

"당신은…… 아직 건강이 좋지 않은 것 같군요."

재판장이 눈으로 집행관을 찾으며 말했다.

"염려 마십시오, 재판장님. 저는 충분히 건강하고 여러분께 아주 흥미로운 이야기를 들려줄 수 있습니다."

이어서 질문이 시작되었고, 그는 대부분 아주 간략하게 대답했다. 염려했던 것과는 달리 대답은 조리가 있었다. 아버지와 드미트리 사이의 금전 문제에 대해서는 아는 바 없고 관심도 없다고 대답했고, 미챠로부터 아버지를 죽이겠다는 협박은 들은 적 있다고 했으며, 돈뭉치에 대해서는 스메르쟈코프에게서 들었다고 대답했다.

"다 똑같은 이야기뿐이로군요!"

이반이 갑자기 피로에 지친 표정으로 질문을 끊었다.

"재판장님, 이만 물러가도 되겠습니까? 더 이상 드릴 말씀이 없습니다."

그 말과 함께 그는 증인석에서 일어났다. 그러자 재판장이 말했다.

"몹시 불편하신 모양이군요."

이어서 재판장은 증인에게 더 이상 물어볼 것이 없느냐고 검사와 변호사에게 물었다. 하지만 이반은 재판장의 허락도 받지 않은 채 자리를 떠나 출입구 쪽으로 걸어갔다. 그런데 몇 발자국도 걷지 않아 그는 멈춰 서서 잠시 생각에 잠기더니 다시 증인석으로 돌아왔다.

"자, 여기."

그는 주머니에서 돈뭉치를 꺼내며 말했다.

"여기 돈이 있습니다. 그 봉투 속에 들어 있던 돈입니다."

집행관이 돈뭉치를 받아 재판장에게 전했다. 놀란 재판장이 물었다.

"아니, 이 돈이 어떻게 당신 손에! 그 돈이 맞습니까?"

"어제 살인범 스메르쟈코프에게서 받았습니다. 놈이 목매달기 전에 만났습니다. 그놈이 아버지를 죽였습니다. 드미트리가 아닙니다. 그놈이 죽였고 내가 사주했습니다. 아버지가 죽길 바라지 않은 사람이 누가 있겠습니까?"

"당신, 당신…… 지금 제정신입니까?"

재판장의 입에서 저도 모르게 그 말이 튀어나왔다.

"저는 말짱합니다. 완전히 제정신이지요……. 이 비열한 정신! 당신과 마찬가지로……. 아니, 여기 모든 낯짝들처럼……. 모두들 아버지를 죽이고 겁먹은 척하고 있어!"

그는 혐오스럽다는 표정을 지으며 이를 부드득 갈았다.

"이런 거짓말쟁이들! 너희들 모두 아버지의 죽음을 바라고 있어! 파충류가 다른 파충류를 잡아 삼키듯이! 친부 살해가 없었다면 모두 화가 난 채 기분 나빠하며 집으로 갔겠지! 언제나 볼거리를 원하는 자들! 나도 그런 놈이긴 하지만……. 혹시 물 좀 없소? 그리스도의 이름으로 내게 물 좀 주시오."

그는 갑자기 머리를 움켜쥐며 말했다. 집행관이 즉시 그에게 달려갔다.

알료샤가 자리에서 일어나며 외쳤다.

"형은 아파요. 형의 말을 믿으면 안 돼요! 섬망증에 걸려 있단 말입니다!"

카테리나도 공포에 질린 표정으로 자리에서 일어나 이반을 바라보았다. 미챠도 일그러진 미소를 지으며 동생을 바라보고 있었다.

"자, 진정들 하시길! 나는 미친 게 아닙니다."

이반이 다시 말했다.

"나는 살인자일 뿐입니다. 살인자에게 멋진 웅변을 강요할 수는 없는 노릇 아닙니까?"

검사는 당황한 기색이 역력했고 재판관들은 서로 머리를 맞대고 쑥덕거렸다.

이윽고 재판장이 정신을 차린 듯 이반에게 말했다.

"증인, 당신의 말은 이해할 수 없을뿐더러 이런 곳에서 할 수 있는 말이 아닙니다. 자, 좀 진정하고 하고픈 말을 해보시오. 당신의 말을 어떻게 증명할 수 있겠소? 그 말이 허튼소리가 아니라는 것을……."

"나는 증인이 없습니다. 저 개 같은 스메르쟈코프 놈이 저세상에서 증언을 봉투에 담아 보내줄 리도 없고……. 여전히 봉투, 또 봉투! 하지만 하나면 충분하지요! 증인은 없지만 딱 하나……."

이반은 잠시 생각에 잠긴 듯했다.

"누구란 말입니까?"

"커다란 꼬리가 달려 있지요. 아주 하찮은 악마입니다."

이반은 웃음을 멈추고 친근한 어조로 말했다.

"놈은 아마 여기 어딘가 있을 겁니다. 저, 증거물들이 놓여 있는 탁자 밑에 있을지도……. 저기가 아니면 어디겠습니까? 자, 들어보세요. 내가 놈에게 나는 잠자코 있지 않겠다고 말했어요. 놈은 지질학적 대변동이니 뭐니 시답지 않은 소리를 늘어놨지요. 정말 멍청한 소리들! 자, 저 짐승 같은 놈을 풀어주시지요. 찬송가를 부른다죠? 마음이 가벼워졌으니 그럴 수 있는 거지요. 나는 2초 동안의 기쁨을 위해서라면 1,000조의 1,000조 배도 내주련만! 여러분은 나를 몰라요. 자! 저 짐승 대신 나를 잡아가요! 내가 여기 괜히 온 게 아니라니까……. 아, 왜 존재하는 것들은 모두 이다지 멍청하단 말인가!"

집행관이 와서 그의 팔을 잡았고 이반은 고래고래 고함을 지르며 법정에서 끌려 나갔다. 법정에 큰 소란이 일었고 좀체 가라앉지 않았다. 그런데 이번에는 또 다른 소동이 벌어지고 말았다. 카테리나가 히스테리 발작을 일으킨 것이다.

카테리나는 거의 울부짖다시피 하며 재판장에게 소리쳤다.

"아직 증언할 게 남아 있어요! 지금 바로! 여기, 편지가 한 장 있어요. 어서 읽어주세요! 저 짐승의 편지예요! 저, 짐승의!"

그녀는 미챠를 가리키며 외쳤다.

"저 인간이 아버지를 죽였어요! 아버지를 죽이겠다고 제게 보낸 편지예요! 이반은 환자예요! 열병을 앓고 있다고요! 사흘 전부터!"

집행관이 편지를 받아서 재판장에게 전했다. 카테리나는 그 자리에 털썩 주저앉아 얼굴을 가린 채 소리 없이 흐느꼈다.

독자 여러분이 능히 짐작했겠지만 그 편지는 미챠가 카테리나에게 보낸 편지로서 이반이 확고부동한 '물증'이라고 말한 바로 그것이었다. 오, 안타깝게도 재판관들은 그 편지를 확고한 물증으로 인정했으니 만일 그 편지가 아니었다면 미챠는 끔찍한 파멸은 면할 수도 있었으리라.

재판장은 카테리나에게 편지를 입수한 경위에 대해 자세히 물었고, 카테리나는 상세하게 그리고 열심히 대답했다. 그녀는 편지에 대해 대답을 하면서 그루셴카에 대해 상스러운 욕을 해댔고, 3,000루블에 대해서도 앞서 했던 진술을 뒤집었다.

즉, 그 돈을 언니에게 부치라는 것은 핑계였다는 것, 미챠가 그 돈을 받아 그 '쌍년', 다시 말해 그루셴카와 어디론가 떠날 것을 알고서 준 돈이며, 그 사실은 자신과 미챠 둘이 눈치로 알고 있었다는 것, 그러면서도 그는 뻰뻰스럽게 그 돈을 받았다고 진술했다. 그리고 그가 자신에게 돈을 돌려주고 싶어 한 것은 사실이며, 그 때문에 살인을 저지른 것이라고, 모든 것은 그 편지에 적혀 있다고 진술했다.

재판장이 미챠에게 편지를 인정하느냐고 묻자 그는 벌떡 일어나 외쳤다.

"그럼요, 제가 쓴 게 맞습니다! 술에 취하지 않았다면 쓰지 않았을 겁니다. 그녀와 저는 여러 가지 이유로 서로 증오해왔습니다. 하지만 카챠, 맹세코 나는 그 증오를 통해 당신을 사랑했어. 하지만 당신은 나를 사랑하지 않았어!"

말을 마친 그는 털썩 자리에 주저앉았다.

이어서 검사와 변호사가 카테리나에게 잇따라 질문을 시작했다. 질문의 주된 요지는 그 편지의 존재를 숨긴 이유에 있었다. 카테리나는 대답했다.

"그래요, 저는 거짓말을 했습니다. 저 인간을 구하기 위해 명예와 양심에 어긋나는 짓을 했습니다. 저 사람이 저를 증오하고 경멸하는 그만큼 저는 저 사람을 구하고 싶었어요! 제가 제 발로 저 사람을 찾아갔던 그 순간부터 저 사람은 저를 경멸하고 있었고 저는 그 사실을 잘 알고 있었어요! 하지만 저는 그런 저 사람을 용서해주고 싶었어요. 그래서 그를 구해주려고 한 거예요!"

이어서 그녀는 거의 광기에 가까운 열정으로 이반에 대해 진술했다. 재판장과 검사는 염려스러운 눈으로 그녀를 바라보았다. 그들은 재판에 도움이 될지언정 그녀의 진술을 계속 듣고 있느니 차라리 말리고픈 심정이었다. 그 정도로 그녀는 흥분해 있었다.

"그분은 요 두 달 내내 저 불한당 같은 살인자를 구하겠다는 일념 때문에 섬망증에 걸린 거예요! 그분은 너무나 괴로워했어요. 자신도 아버지를 좋아하지 않았고 어쩌면 죽기를 바란지도 모른다고 고백하면서 형의 죄를 덜어주고 싶어 했어요! 그분은 제게 모든 것을 털어놓았어요. 그분의 유일한 친구인 저에게!"

이어서 그녀는 이반에게 편지를 보여준 일, 그 때문에 이반이 미챠의 범행을 확인하고 충격을 받은 일 등에 대해 진술한 후 외쳤다.

"그분은 충격 때문에 정신이 이상해진 거예요! 모든 게 저 불한당 같은 인간 때문에 벌어진 거예요! 저 인간을 구하려는 생각 때문에……!"

카테리나의 진술은 진술이라기보다는 차라리 고백이었다. 그만큼 그녀에게는 모든 것이 지금 그녀가 완벽하게 확신하고 있는 '진실'이었다.

카테리나는 분명 미챠를 사랑했다. 하지만 그 사랑은 분열된 사랑이었다. 그녀는 자신이 그의 앞에 무릎을 꿇은 그 순간부터 그가 자신을 경멸하고 있다고 믿었다. 그녀는 자존심에 상처를 입었다. 미챠를 향한 그녀의 사랑은 따라서 사랑이라기보다는 복수에 가까웠지만 그녀는 그것을 사랑이라고 믿었다. 그리고 어쩌면 이 분열된 사랑도 진정한 사랑으로 이어질 수 있었고 그녀가 바란 것은 오직 그것뿐이었다.

그런데 미챠는 그녀를 배신했고 그녀의 영혼 저 깊은 곳을 모욕했다. 그리고 느닷없이 찾아온 복수의 순간에 모든 것이 한꺼번에 폭발해버린 것이다. 그녀는 미챠를 배반했다. 하지만 먼저 배반을 저지른 것은 미챠였다!

깊은 속을 털어놓은 그녀는 수치심에 휩싸였고 다시 히스테리 발작을 일으키기 시작했다. 그녀가 울고불고 소리를 지르며 그 자리에 쓰러지자 정리(廷吏)가 그녀를 부축해서 밖으로 데리고 나갔다. 순간 그루셴카가 울부짖으며, 미처 말릴 틈도 없이 미챠에게 달려가며 소리쳤다.

"오, 미챠! 저년이 당신을 파멸시켰어! 저년이 자기 본색을 드러낸 거야!"

재판장의 손짓에 따라 정리가 미챠에게 가려고 발버둥 치는 그루셴카를 밖으로 끌어냈다. 미챠도 울부짖으며 그녀에게 가려고 발버둥 쳤다. 정리들은 그를 진정시키느라 진땀을 흘려야만 했다.

제5장

이어서 검사의 논고와 변호사의 변론이 이어졌다.

검사의 논고는 서론이 길었다. 그는 사건으로 직접 뛰어들기 전에 러시아의 현실에 대해 나름의 깊이 있는 진단을 내렸다. 그런 뒤 카라마조프 집안을 전형적인 현대 러시아 인텔리 사회의 축소판이라고 말했다. 그는 표도르를 우리 사회에서 흔히 볼 수 있는 아버지 중의 하나라고 말한 후 이어서 그의 세 아들에 대해서도 흡사 심리학적이고 사회학적인 논문에 비견할 만한 완벽한 분석을 했다.

장황하게 이어진 서론이 끝나자 그는 사건을 나름대로 재구성했다. 우리는 그가 나름대로 구성한 사건의 개요를 여기서 자세히 살펴보지는 않겠다. 다만 그가 설명한 사건의 개요는 명백한 사실에 대한 객관적 서술이라기보다는 검사의 주관적인 해석에 가까웠다는 것, 오히려 그 때문에 배심원이나 방청객 들에게 호소력이 있었다는 점만 지적하기로 하자.

이어서 그는 스메르쟈코프가 절대로 범인일 수 없다는 사실을 힘주어 강조했다. 그는 장황하게 스메르쟈코프라는 인간에 대해 분석한 후, 사실과 정황을 면밀히 분석하며 그가 범인일 가능성은 전혀 없다고 못 박았다. 이어서 그는 아주 길게 드미트리의 유죄를 입증하는 논고를 했다. '그의 논고를 듣고 나서도 과연 드미트리가 범인이 아닐 수도 있다는 생각을 품을 사람이 있을까?'라는 생각이 들 만큼 훌륭한 논고였다. 기나긴 논고를 마친 후 그는 배심원석을 향해 몸을 돌렸다.

"여러분, 여러분의 감성에 호소하는 그 어떤 화려하고 감동적인 변호를 듣게 되더라도 여러분은 지금 '정의의 전당'에 있다는 것을 잊지 마십시오. 여러분은 정의의 수호자임을, 우리의 성스러운 러시아의 수호자임을, 아울러 우리 러시아의 원칙, 그 가족, 우리 러시아가 갖고 있는 모든 성스러운 것들의 수호자임을 잊지 마십시오. 여러분, 여러분은 지금 러시아를 대표해서 이 자리에 있는 것입니다. 여러분이 내리는 판결은 단지 이 법정에만 울려 퍼지는 것이 아닙니다. 러시아 전체가, 러시아의

사도(使徒)이며 판관인 여러분에게 귀를 기울이고 있습니다! 여러분이 내리실 선고에 따라 러시아는 실망하거나 용기를 얻게 될 것입니다. 러시아를, 러시아의 기대를 저버리지 마십시오!

우리 러시아는 지금 파멸의 심연을 향해 질주하고 있는지도 모릅니다. 오래전부터 많은 우리 동포들이 두 팔을 들고 이 광란의 질주를 멈추자고 호소하고 있습니다. 다른 나라들이 이 광란의 질주 앞에서 길을 내준 것은 바로 공포와 혐오 때문입니다. 그 질주를 피해 비켜서 있을 수도 있습니다. 하지만 언제까지고 그러지는 않을 겁니다. 그 유령의 광란의 질주와 맞서서 그 질주를 저지하는 단단한 장벽을 구축할 겁니다. 자신들의 안전과 계몽과 문명을 수호하기 위해서! 이미 유럽에서 불안의 목소리가 들려오고 있고 그 목소리가 울려 퍼지고 있습니다. 그 목소리들을 유혹하지 마십시오! 친부 살해를 정당화하는 판결을 내림으로써, 점점 커져만 가는 그 증오의 목소리에 힘을 실어주지 마십시오!"

이폴리트 키릴로비치의 논고는 대단한 반향을 불러일으켰다. 그만큼 그의 논고는 비장했다. 거의 모든 사람이, 비록 박수갈채까지 보내지는 않았지만 아주 흡족해했다. 다만 미챠의 무죄 선고를 바라고 있던 부인들은 실망했다. 그만큼 그의 논고는 흠잡을 데 없었다. 부인들은 이제 모든 희망을 변호사인 페츄코비치에게 걸 수밖에 없었다.

이어서 변호사의 변론이 시작되었다. 그는 검사의 논고를 하나하나 반박했다. 하지만 변호사는 검사가 재구성한 사건에 맞서서 자기 나름대로 사건을 해석하지는 않았다. 다만 그는 검사가 제시한 모든 증거와 정황들이 과연 사실에 부합하는지, 의심할 만한 부분은 없는지, 그 모든 것이 오로지 검사의 주관적인 판단에서 비롯된 것은 아닌지 밝히는 데 주력했다. 그는 검사가 제시한 산더미 같은 증거 중에 조금도 의심할 바 없는 '사실'에 입각한 것은 하나도 없다는 점을 일일이 지적했다. 그는 카테리나가 제시한 결정적 편지에 대해서도 미챠가 '아버지를 죽이고 싶다'라고 평소에 하던 이야기를 술에 취해 끼적인 것뿐이라고 말했다.

"여러분, 아버지를 죽이고 싶다고 말하는 것은 끔찍한 일입니다. 나를 낳아준 사람, 나를 사랑해준 사람, 오롯이 나의 행복을 빌어준 사람의 피를 보고 싶다니! 그런 아버지를 죽인다는 것은 너무나 끔찍한 일입니다. 하지만 제 의뢰인의 아버지는 결코 제가 지금 말한 그런 아버지가 아닙니다. 자, 여러분 제 의뢰인을 한 번 보십시오. 지금 배심원 여러분 앞에 있는 제 의뢰인은 절대로 점잖은 사람이 아닙니다. 야만적이고 폭력적이기도 합니다. 그는 바로 그것 때문에 이렇게 우리의 심판을 받고 있습니다.

하지만 그를 그렇게 만든 게 누구입니까? 선량하고 고결한 마음을 타고 난 사람, 감수성이 예민한 사람을 마구 함부로 키워 그 속에 짐승을 몰아넣은 것은 과연 누구입니까? 어린 시절 조금이라도 그를 사랑해주고 보호해준 사람이 있습니까? 그에게 행복했던 어린 시절의 향수가 있었다면 그는 아버지를 사랑하며 안아주었을지도 모릅니다. 그런데 그의 앞에 있는 아버지는 어떤 사람이었습니까? 탐욕과 의심과 책략에만 빠져 있는, 하루가 멀다 하고 코냑을 홀짝이며 처세술이나 늘어놓는 사람이었습니다.

배심원 여러분! 겉보기에 난폭해 보이는 제 의뢰인의 깊은 곳에는 부드럽고 정직한 영혼이 자리 잡고 있습니다. 그는 불한당이 아닙니다. 그리스도는 십자가에 못 박히면서 '나는 착한 목자이니, 착한 목자는 어린 양들을 위해 자기 영혼을 내놓노라. 이는 한 마리의 양도 파멸시키지 않기 위함이라(「요한복음」 10 : 11, 14-15)'라고 말씀하셨습니다. 우리도 제발 저 사람의 영혼을 파멸시키지 맙시다!

배심원 여러분, 아버지라는 말은 고결한 말입니다. 이 사건을 '친부 살해'라고 말하면서 여러분은 당연히 여러분의 마음속에 품고 있는 그런 아버지상을 떠올립니다. 그러나 제 의뢰인의 아버지는 그런 아버지가 아니었습니다. 그는 아버지라 불릴 수도 없고 그런 자격도 없는 사람입니다. 저는 이 세상 모든 아버지들에게 외칩니다. '아버지들이여! 자식들을 슬프게 하지 마라!' 그런 후에야 아버지는 자식에게 그 무언가를 요구할 수 있습니다. 그러지 않으면 우리는 아버지가 아니라 자식의 원수이며 자식 또한 우리의 자식이 아니라 우리의 원수가 되는 것입니다.

배심원 여러분! 제 의뢰인은 아버지와 마주했던 것이 아니라 원수와 마주했던 것입니다. 그리고 그가 그곳으로 달려간 것은 돈을 노려서가 아니었습니다. 또 아버지를 살해하기 위해서도 아니었습니다. 사랑하는 애인을 빼앗길까봐 달려간 것입니다. 그는 미리 계획하고 공이를 손에 든 것이 아니었습니다. 그저 무의식적으로 그렇게 한 것입니다. 그리고 상대방은? 오, 단순한 연적이 아니었습니다. 상식적인 아버지가 아니었습니다. 아버지라 부를 수 없는 그런 아버지였으며, 그런 아버지면서 또

한 연적이었습니다. 어릴 때부터 자신을 증오해온 괴물이 이번에는 연적으로 변신해서 나타난 것입니다!

배심원 여러분! 그 상황에서 그 누군들 발광하지 않을 수 있겠습니까? 제 의뢰인은 차분하게 살인을 계획하고 그곳에 갈 수 있는 그런 심리적 상태가 아니었습니다. 그는 이미 앞뒤 못 가리는 분노에 휩싸여 있던 상태였습니다. 따라서 그는 그 순간에 살인을 저지른 것이 아니었습니다. 그는 욕지기가 치밀 것 같은 분노에 휩싸여 저도 모르게 공이를 휘두른 것입니다. 그의 손에 그 공이가 없었다면 그저 몇 대 주먹을 휘둘렀을지언정 죽이지는 않았을 것입니다. 그는 도망을 치면서도 자기가 때려눕힌 노인이 죽었는지 아닌지도 몰랐습니다. 따라서 이번 사건은 절대로 친부 살해 사건이 아닙니다.

배심원 여러분! 제발 그에게 무죄판결을 내려주십시오. 만일 그에게 유죄판결을 내리신다면 그는 마음속으로 '나는 값을 다 치렀다. 세상이 내게 사악하게 대한다면 나도 사악해질 것이다'라고 생각할 것입니다. 그의 유죄를 주장하면 오히려 그의 양심을 가볍게 해줄 것입니다.

그것은 아직 그의 내부에 남아 있는 또 다른 가능성, 새로운 인간으로 태어날 수 있는 가능성을 파괴해버리는 일이 될 것입니다. 여러분이 그에게 유죄판결을 내리신다면 그는 영원히 사악한 인간으로 남게 될 것입니다. 여러분이 자비를 베풀어주시면 그의 내부에 있는 선량한 자아들이 깨어나 자기가 한 일을 저주하게 될 것입니다. 그때 그는 '나는 값을 다 치렀다'라고 생각하는 대신 '나는 모든 사람에게 죄인이다'라고 말하며 눈물을 흘릴 것입니다. 여러분, 자비를 베풀어 한 영혼을 구해주시길 간절히 바랍니다. 제 의뢰인의 운명은 여러분 손에 달려 있습니다."

변호사의 변론이 끝나자 박수갈채가 쏟아졌다. 그의 열띤 변론에 공감하면서 미챠의 무죄 선고를 기대하는 사람들이 많아졌다. 하지만 그의 변론은 미챠의 아버지 살해를 의심의 여지 없는 사실로 못 박는 데 기여한 것 또한 사실이었다.

마지막으로 피고에게 최후진술의 기회가 주어졌다. 미챠는 일어나서 말했다.

"제가 무슨 말을 하겠습니까? 제게 심판의 시간이 왔습니다. 저는 제 몸 위에 하느님의 손이 얹혀 있음을 느끼고 있습니다. 방탕한 자에게 최후가 온 것입니다. 하지만 하느님께 맹세컨대 아버지의 피에 대해 저는 결백합니다! 마지막으로 다시 말씀드립니다. 저는 아버지를 죽이지 않았습니다. 저는 방탕한 자지만 선한 것을 사랑했습니다. 매 순간 자신을 고치려 했지만 그러지 못하고 야수처럼 살았습니다. 저도 몰랐던 사실을 이야기해 주신 검사님, 감사합니다. 하지만 아버지를 죽이지는 않았습니다. 검사님은 실수하신 겁니다. 변호사님께도 감사드립니다. 변호사님 말씀을 들으며 울었습니다. 하지만 변호사님, 저는 절대로 아버지를 죽이지 않았습니다. 그런 가정을 해서는 안 됩니다. 여러분, 제게 자비를 베풀어주시면 여러분을 위해 기도하겠습니다. 만일 제게 유죄판결을 내리더라도 제 머리 위의 검을 부숴버리고 그 파편에 입을 맞추겠습니다. 제 마음이 무겁습니다. 여러분…… 제게…… 자비를……."

배심원들은 정확히 한 시간의 회의를 마치고 재판정으로 나와 착석했다. 재판장이 수석 배심원에게 물었다.

"피고가 아버지 살해를 미리 계획하고 돈을 훔친 사실에 대해 유죄입니까?"

죽음 같은 정적이 흐른 후 젊은 수석 배심원이 대답했다.

"그렇습니다. 유죄입니다."

미챠에게는 강제 노역 20년의 형이 선고되었다.

에필로그

제1장

미챠의 공판이 있은 지 닷새째 되던 날 아침 8시, 알료샤가 카테리나의 집으로 찾아왔다. 그녀와 합의를 볼 중요한 일이 있어서였다. 더불어 알료샤는 미챠가 그녀에게 전해달라고 부탁한 말도 해야 했다.

카테리나는 언젠가 그루센카를 맞이했던 바로 그 방에서 알료샤를 만나 이야기를 나누었다. 바로 옆방에서는 섬망증에 걸린 이반이 의식불명인 채 누워 있었다. 법정에서 그런 소동이 있은 직후 카테리나는 틀림없이 사람들이 쑥덕거리리라는 사실을 무시한 채 의식을 잃은 환자를 자기 집으로 옮기게 했다. 모스크바에서 온 저명한 의사는 환자에 대해 이렇다 할 의견도 주지 않은 채 모스크바로 돌아가버렸다. 나머지 의사들은 카테리나와 알료샤를 격려했지만 이반이 회복되리라는 희망을 주지는 못했다.

알료샤는 이틀에 한 번씩 형을 보러 왔다. 그러나 다른 때와 달리 오늘은 특별히 급한 용건이 있었다. 쉽게 입 밖에 내기 어려운 문제였지만 어쨌든 전달해야 했다.

알료샤와 카테리나는 단둘이 15분 정도 이야기를 나누었다. 카테리나는 창백한 얼굴에 피곤해 보였지만 매우 흥분해 있었다. 그녀는 알료샤가 방문한 목적을 이미 예감하고 있었던 것이다.

"이반이 어떻게 생각할지는 걱정 말아요."

카테리나는 단호하게 알료샤에게 말했다.

"어떤 식으로건 탈출시켜야 해요. 저 불쌍한 사람…… 명예와 양심을 지닌 영웅……. 드미트리를 말하는 게 아니에요. 저기 저렇게 누워 있는 사람을 말하는 거예요. 형을 위해서 자신을 희생한 저 사람 말이에요. 저 사람은 이미 여러 번 제게 탈출 계획에 대해 설명해주었어요. 당신에게도 말했다시피 저 사람은 이미 일에 착수했어요. 다른 유형수들과 시베리아로 이송될 때, 세 번째 역참에서 일을 벌이게 될 거예요. 이반은 그곳의 책임자를 벌써 만나고 왔어요. 이반이 재판 전날 내게 설명해준 상세한 계획을 내일 당신에게 말해줄게요. 그날, 당신이 왔던 날, 이반과 내가 싸우는 걸 보고 놀랐었지요? 우리가 무슨 일로 싸웠는지 알아요?"

"모릅니다."

"그가 아직까지 당신에게 숨기고 있었어요? 바로 탈출 계획 때문에 싸운 거예요. 이미 사흘 전에 저 사람은 자기 계획을 제게 말해주었고, 우리는 사흘 내내 싸웠어요. 드미트리에게 유죄 판결이 내리면 그를 그년과 함께 외국으로 도망가게 해준다는 거였어요. 나는 나도 모르게 화가 났어요. 그년 생각만으로도 화가 났던 거예요."

카테리나는 갑자기 입술을 파르르 떨었다.

"이반은 내가 화를 내는 걸 보고 내가 아직 드미트리를 사랑하는 줄 알았어요. 그래서 싸움이 시작된 거예요. 나는 설명하고 싶지 않았어요. 용서를 구할 일도 없었고…… 다만 고통스러웠어요. 이반 같은 사람이 내가 아직 그런 사람에게…… 미련이 남아 있다고…… 그런 사람을 사랑하고 있다고 잘못 볼 수 있다니……. 게다가, 내가 이반만을, 저 사람만을 사랑한다고 이미 말했는데…… 나는 다만 그 계집년 생각에 화가 났던 건데…….

사흘 뒤, 그러니까 당신이 왔던 그날 저녁 이반이 내게 봉투를 하나 주면서 혹시 자기에게 무슨 일이 일어나든지 자기가 사람 구실을 못 하게 되면 뜯어보라고 했어요. 오, 저 사람은 자기가 병에 걸릴 걸 이미 예견했던 거예요! 그 봉투에는 상세한 탈출 계획이 적혀 있으니 자기가 죽거나 병에 걸리면 저보고 자기 대신 미챠를 구해내라고 제게 말했어요. 그리고 제게 1만 루블을 내놓았어요.

나는 감동받을 수밖에 없었어요. 내가 아직 미챠를 사랑한다고 생각하고 그를 질투하면서도 형을 구할 생각을 하다니! 오, 얼마나 숭고한 자기희생인가요! 나는 그의 발아래 무릎을 꿇고 입을 맞추고 싶었어요. 하지만 그러지 못했어요. 미챠를 구할 수 있다는 생각에 내가 기뻐하는 거라고 오해할 것 같아서……. 저 사람은 분명 그렇게 생각했을 거예요! 그러자 짜증이 났어요. 그래서 저 사람에게 막 퍼부었던 거예요. 아, 나는 왜 이렇게 엉망일까요? 법정에서도 그런 저주받을 짓을 저지르고! 아, 모든 게 내 탓이에요! 다 내 잘못이에요!"

카테리나가 알료샤에게 그런 고백을 한 적은 한 번도 없었다. 그녀는 자신이 미챠를 배반하는 죄를 저질렀다고 고통스러워하고 있었다. 알료샤는 그녀의 고통을 덜어주고 싶었다. 그 때문에 그녀에게 하려던 말을 꺼내기가 더욱 힘들었다. 하지만 그는 작심하고 마음먹고 있던 이야기를 그녀에게 꺼냈다.

"당신이 오늘 형님께 찾아오시길 형님이 바라고 있습니다."

카테리나는 온몸을 부르르 떨더니 소파에 앉은 채 몸을 뒤로 뺐다.

"나를! 어떻게 그럴 수가!"

그녀가 하얗게 질린 얼굴로 중얼거렸다.

"충분히 그럴 수 있으며 그래야만 합니다." 알료샤가 단호한 어조로 말했다. "형은 그 어느 때보다도 당신을 필요로 합니다. 그렇지 않았다면 이런 이야기를 해서 당신을 괴롭게 하지 않았을 겁니다. 형님은 병들었습니다. 거의 미쳐 있습니다. 형님은 당신을 필요로 합니다. 형님은 당신과 화해하기 위해 당신을 보자는 게 아닙니다. 그냥 문지방에 얼굴을 비치기만 해도 됩니다. 형님은 많이 변했습니다. 당신에게 얼마나 많은 죄를 지었는지 알고 있습니다. 용서를 바라는 것도 아닙니다. 형님 입으로 '나를 용서해주지 않겠지'라고 말하고 있으니까요."

"이렇게 갑자기…… 나를……."

카테리나가 중얼거렸다.

"나는 당신이 그런 말을 하러 오리라고 오래전부터 예감하고 있었어요. 그가 나를 부르리라고……. 하지만 그럴 수 없어요."

"그럴 수 없더라도…… 그렇게 해주세요. 형님이 자기가 당신에게 얼마나 못된 짓을 저질렀는지 생전 처음 후회하고 있다는 것을 생각해주세요. 이제까지는 그게 얼마나 큰 잘못인지 모르고 있었습니다. 만일 당신이 오지 않는다면 자신은 영원히 불행할 것이라고 말하고 있습니다. 20년의 강제 노역 형을 선고받은 사람이 단 1분간의 행복을 원하고 있는 것입니다. 불쌍하지 않습니까? 그가 결백하다는 것을 한번 생각해보세요."

알료샤의 입에서 불현듯 그런 도전적인 말이 튀어나왔다.

"형님의 두 손은 아버지의 피로 얼룩져 있지 않습니다. 형님이 앞으로 감당해야 할 무한한 고통의 이름으로, 지금 형님을 찾아가십시오! 그는 어둠 속으로 들어가려 하고 있습니다. 문지방까지…… 다만 문지방까지 만이라도…… 그것으로 충분합니다. 반드시, 그러셔야 합니다. 반드시!"

"아, 못 가겠어요. 게다가 왜 하필…… 하필…… 오늘이라는 거지요? 환자를 혼자 두고 갈 수는 없어요."

"잠깐이면 됩니다. 정말 잠깐만! 만일 당신이 오지 않는다면 형님은 오늘 밤, 열병에 걸릴 겁니다. 거짓말이 아닙니다! 제발, 자비를!"

"오, 자비를 빌어야 할 사람은 나예요!"

카테리나가 쓰린 듯 말하더니 울음을 터뜨렸다.

"오, 가시겠다는 거로군요!"

알료샤가 그녀가 눈물 흘리는 모습을 보며 말했다.

"빨리 형님에게 가서 당신이 오실 거라고 말해야겠어요."

"안 돼요! 가긴 가겠지만 제가 간다고 미리 말하지는 말아요! 거기까지 가서 안 들어갈지도 모르니까요."

"잘 알겠습니다. 기다리겠습니다."

알료샤는 말을 마친 후 방에서 나갔다.

제2장

알료샤는 병원을 향해 발걸음을 재촉했다. 미챠는 판결이 내려진 다음 날 열병에 걸려 시립병원 수감자 병동으로 이송되었다. 하지만 미챠는 다른 수감자들과 함께 입원한 것이 아니라 독방에 누워 있었다. 알료샤를 비롯해 호흘라코바 부인 등 많은 사람이 청원을 넣은 덕분이었다. 물론 복도 끝에 보초가 서 있었지만 친척과 지인들의 면회도 자유롭게 허용되었다. 불법이긴 했지만 의사와 간수, 심지어 경찰서장까지 암묵리에 허락해 준 일이었다. 그렇더라도 최근에 미챠를 찾아온 사람은 그루셴카와 알료샤가 전부였다.

알료샤가 병실에 들어섰을 때 미챠는 환자복을 입고 침대에 앉아 있었다. 그는 약간은 묘한 표정으로 알료샤가 들어서는 것을 바라보았다. 하지만 그의 시선에는 뭔가 두려움 같은 것이 드러나 있었다. 알료샤는 말없이 침대 위, 그의 곁에 앉았다.

"형, 그러니까……."

알료샤가 조심스럽게 말했다.

"그녀가 올 거야. 하지만 언제 올지는 모르겠어. 오늘이 될지, 내일이 될지……. 하지만 틀림없이 올 거야."

미챠는 몸을 부르르 떨었다. 무슨 말인가 하려고 했지만 입을 열지 못했다. 그는 알료샤와 그녀 간에 무슨 대화가 오갔는지 무척 궁금했을 것이다. 하지만 감히 묻지 못했다. 만일 그 순간 그녀가 자신을 경멸하고 있다는 말을 들었다면, 그것은 그의 가슴에 비수를 꽂는 일이 되었으리라. 그런 그의 마음을 읽은 듯 알료샤가 말했다.

"형, 형이 탈출 문제로 양심에 가책을 느끼지 않도록 형을 달래주라고 부탁했어. 그리고 이반 형이 회복되지 않으면 그녀가 알아서 일을 다 처리하겠다고 했어."

"그 얘긴 네가 이미 전에도 했어."

미챠가 잠시 생각에 잠겼다가 말했다.

"그러면 그루샤에게도 이미 말했겠네."

"했어."

미챠가 털어놓았다.

“그루샤는 저녁이 되어야 올 거야. 카챠가 이 일을 뒤에서 봐 준다고 하니까 입을 삐죽거리더라. ‘흥, 하고 싶은 대로 하라지’ 라고 중얼거렸어. 어쨌건 이제는 카챠가 사랑하는 건 내가 아니라 이반이라는 걸 그루샤도 알고 있는 것 같아.”

“정말 그럴까?”

“아닐지도 몰라……. 어쨌든 아침에는 안 올 거야. 내가 심부름을 보냈거든. 알료샤, 이반은 정말 뛰어난 놈이야. 살아남아야 할 놈은 내가 아니라 그놈이야. 녀석은 회복될 거야.”

“카챠도 마음 졸이며 작은형이 꼭 회복되리라고 믿고 있어.” 알료샤가 불안한 기색으로 말했다.

“그래, 회복될 거야. 그런데 어쩐지 그녀는 이반이 죽을 거라고 확신하는 것 같아. 그 생각이 너무 괴로워서 그런 말을 하는 건지도…….”

“작은형은 몸이 튼튼해. 나도 형이 회복되리라 믿어.”

알료샤가 말했다. 하지만 그의 목소리에는 불안감이 묻어 있었다.

“그래, 회복될 거야. 다만 카챠가 녀석이 죽을 걸 확신하고 있는 것 같아서……. 그녀는 너무 많은 고통을 겪고 있어.”

잠시 침묵이 흘렀다. 이윽고 알료샤는 마음에 품고 있던 이야기를 꺼냈다.

"형, 마지막으로 내가 갖고 있는 생각을 말해줄게. 형, 내가 거짓말하지 않는다는 건 잘 알지? 형, 형은 벌을 받을 준비가 되어 있지 않아. 형은 십자가를 질 준비가 되어 있지 않고 그럴 자격이 없어. 만일 형이 아버지를 죽였다면 형이 형벌을 피하려는 걸 나는 마땅치 않게 생각했을 거야. 하지만 형은 결백하고 형이 그런 십자가를 진다는 건 너무 부당해. 형은 고통을 통해 형 안에 들어 있는 또 다른 사람을 부활시키겠다고 자주 말했어. 형이 어디에 있든 평생 동안 그 또 다른 존재를 잊지만 않는다면 그것만으로 충분해. 형이 무서운 형벌에서 벗어나 이 부당한 십자가를 거부하게 되면 형은 평생 더 큰 의무감을 느끼며 살아가게 될 거야. 그리고 그 의무감을 늘 지니고 있는 게 형이 시베리아로 유형을 가는 것보다 형이 새롭게 태어나는 데 훨씬 큰 도움이 될 거야. 유형을 간다면 형은 그곳에서 견디지 못하고 불평을 늘어놓을 거야. 그러고는 '이제 죗값을 다 치렀다'라고 말할 거야. 그 점에 있어서는 변호사 말이 옳아. 누구나 무거운 짐을 질 수 있는 건 아니거든. 꼭 집어 말해야만 한다면, 바로 이런 게 내 생각이야. 만일 형이 탈출하는 바람에 다른 사람들, 말하자면 장교나 병사들에게 책임을 묻는 일이 벌어져야 한다면 '나는 당신의 탈출을 용납하지 않겠노라'."

알료샤는 미소를 지었다.

"형, 만일 이반 형과 카테리나가 나보고 일을 처리해달라고 부탁하면 내가 직접 뇌물을 주고 매수할 거야. 내 영혼과 양심을 걸고 하는 말이야. 난 형을 단죄할 수 없어. 내가 어떻게 형을 심판할 수 있겠어?"

"하지만 나 스스로 나를 단죄하겠다!"

미챠가 소리쳤다.

"그래, 나는 탈출할 거야. 이미 결심했어. 천하의 미챠 카라마조프가 어찌 탈출하지 않을 수 있을 것인가! 하지만 나는 나를 용서하지 않을 것이고 영원히 내 죄에 대해 기도할 거야. 내가 꼭 예수회 교도 같은 말을 하고 있구나."

"정말 그렇네."

알료샤가 명랑하게 말했다.

"알료샤, 난 네가 정말 좋아. 언제나 아무것도 감추지 않고 있는 그대로 말해주니까. 자, 나도 내 속마음을 말해줄 테니 들어봐. 내가 돈을 챙겨 어디로 가더라도, 심지어 아메리카로 가게 되더라도, 내가 기쁨이나 행복을 찾아 도망가는 게 아니라 또 다른 고약한 징역살이를 하러 갈 뿐이라는 생각에 힘이 불끈 솟는단다. 정말 이곳 징역살이 못지않게 고약할 거야. 알료샤, 나, 지금 진심을 말하는 거야. 염병할 아메리카! 난 벌써 거기가 가증스러워! 아무리 그루샤와 함께 가더라도 마찬가지야. 알료샤, 생각해보렴. 그녀가 어디 아메리카 여자냐? 러시아 여자지. 뼛속까지 러시아 여자지. 그루샤는 매일 어머니의 땅 러시아가 그리워 가슴 아파할 거야. 그녀가 왜 나 때문에 그런 십자가를 져야 하는 거지?

자, 잘 들어 알료샤. 나는 이렇게 결심했어. 그루샤와 그곳에 간 다음 나는 아주 외진 곳으로 갈 거야. 거기서 야생 곰들과 어울리며 농사를 지을 거다. 뭐, 인디언들과 어울려 지내는 것도 괜찮을 거야. 그리고 영어 공부를 할 거야. 한 2~3년 하면 되겠지. 그러면 만사가 다 해결되는 거지. 그 순간 아메리카는 안녕이다. 아메리카 시민이 된 다음 다시 러시아로 달려올 테니까! 걱정할 필요 없어. 이 도시에는 나타나지 않고 어디 먼 곳에서 지낼 테니까. 필요하다면 내 눈을 하나 찔러버리고 수염을 길게 기르면 아무도 못 알아볼 것 아니야? 여기서도 외진 곳에서 땅을 파며 살게 되겠지만 평생 아메리카 사람 행세를 할 거다. 어쨌든 고향 땅에서 죽을 수 있잖니? 자, 이게 내 계획

이야. 어때, 찬성하니?"

"찬성이야."

알료샤는 굳이 형에게 반대하기 싫어서 고개를 끄덕였다.

순간 미챠가 갑자기 생각난 듯 말했다.

"그런데 알료샤, 그녀가 오긴 올 거니? 네게 뭐라고 했어?"

"올 거야. 하지만 오늘 올지는 모르겠어. 그녀에게도 힘든 일이잖아!"

"맞아, 힘들 거야. 나도 알아! 아, 미치겠어! 그루샤가 나를 끊임없이 보고 있잖아! 그녀는 이해할 거야! 오, 하느님! 저를 인도해주소서! 오, 내가 카챠에게 대체 뭘 요구하는 걸까? 뻔뻔스러운 카라마조프여! 이 사악한 영혼이여! 아, 나는 고통을 견딜 수 없는 놈이야! 나는 그저 하찮은 놈일 뿐이야!"

순간 알료샤가 외쳤다.

"형, 그녀가 왔어!"

문이 열리고 카테리나가 나타났다. 그녀는 문지방에 서서 멍한 눈으로 미챠를 바라보았다. 미챠는 하얗게 질린 채 벌떡 일어났다. 하지만 곧, 용서를 비는 듯한 수줍은 미소가 그의 입가에 떠올랐다. 그리고 갑자기 마치 저항할 수 없는 힘에 이끌리듯 그녀를 향해 천천히 두 팔을 벌렸다. 그러자 그녀가 그를 향해 돌진하더니 그의 두 손을 잡고 그를 침대에 앉히더니 자신도 침대에 앉았다. 그녀는 여전히 그의 손을 잡은 채 두 손을 부들부들 떨고 있었다. 두 사람은 아무 말 없이 상대방의 얼굴을 뚫어져라 바라보았다. 그렇게 2분 정도가 흘렀다.

"용서해주는 거야?"

마침내 미챠가 중얼거렸다.

카테리나가 입을 열어 외쳤다.

"당신의 마음은 너그러워! 내가 당신을 사랑한 건 그 때문이야! 당신이 내게 용서를 빌 건 없어. 용서를 빌어야 하는 건 바로 나야. 하지만 당신이 나를 용서하건 말건 당신은 내 영혼에 상처를 입혔고 나도 당신 영혼에 상처를 입혔어. 영원히! 어쩔 수 없었지만……."

그녀는 숨도 제대로 가다듬지 못하고 계속했다.

"내가 왜 온 것 같아? 당신의 발에 입을 맞추고, 당신 손을 아플 정도로 부여잡고, 모스크바에서 그랬던 것처럼 당신이 나의 하느님이라고, 당신이 나의 기쁨이라고, 당신을 미친 듯이 사랑한다고 말하기 위해서야!"

그녀가 흐느끼며 외쳤다.

알료샤는 꼼짝도 않고 서 있었다. 너무 당혹스러웠다. 이런 광경은 꿈을 꿀 수조차 없었던 것이다.

카테리나가 다시 입을 열었다.

"사랑은 지나갔어, 미챠. 하지만 지나가버린 그것이 고통스러울 정도로 소중해. 그걸 잊지 마. 그리고 지금 단 한 순간만이라도, 우리 사이에 벌어질 수도 있었을 일을 꿈꿔보는 거야."

그녀는 고통스러운 미소를 지으며 말했다.

"당신은 다른 여자를 사랑해. 나도 다른 남자를 사랑하고. 상관없어! 나는 당신을 영원히 사랑할 거야! 그리고 당신도 나를 영원히 사랑할 거야! 당신, 그걸 알고 있어? 그래, 영원히 나를 사랑해줘! 영원히!"

그녀는 떨리는 목소리로, 하지만 어딘가 위협적인 목소리로 말했다.

"암, 사랑할 거야……. 그리고 카챠, 당신 알고 있어? 닷새 전, 바로 그 순간에도, 당신을 사랑했다는 것을? 당신이 정신을 잃고 쓰러져 끌려나갈 때도…… 한평생 한결같을 거야!"

이렇게 두 사람은 거의 의미가 없는 말들을, 거의 광적인 말들을, 아마 거짓일 수도 있는 말들을 속삭였다. 하지만 그들이 그 말을 하는 그 순간만은 그 모든 것이 진실이었으며 둘 다 자신들이 하는 말을 진실이라고 믿고 있었다.

"카챠!"

미챠가 갑자기 외쳤다.

"당신은 내가 죽였다고 믿고 있어? 지금은 그렇게 생각하지 않는다는 걸 알고 있어. 하지만 그때는…… 그때는……."

"그때도 믿지 않았어. 그렇게 믿은 적은 없어! 그때 당신을 증오했고, 그 증오 때문에 당신이 그랬다고 억지로 믿으려 했을 뿐이야! 하지만 증언을 마치자마자 그 믿음은 사라졌어. 아, 여기 내가 온 건 그랬던 나를 스스로 벌하기 위해서야! 아, 내가 그걸 왜 깜빡했지?"

그녀의 어조가 달라져 있었다. 조금 전에 사랑을 속삭이던 어조는 어디론가 사라지고 다시 침착함을 되찾은 것이다.

"자, 이제 그만 가볼게……. 다시 오겠지만…… 지금은…… 너무 힘들어서……."

그녀는 침대에서 일어났다. 순간 그녀가 외마디 비명을 지르며 뒤로 물러섰다. 그루셴카가 소리도 없이 들어선 것이다. 아무도 예상하지 못했던 일이었다. 카챠는 빠르게 문을 향해 걸어가더니 그루셴카 앞에서 갑자기 걸음을 멈추었다.

"나를 용서해줘요."

그녀가 백지장처럼 하얗게 질린 얼굴로 말했다.

그루셴카는 그녀를 똑바로 바라보더니 독기 어린 목소리로 말했다.

"이봐요, 당신이나 나나 못된 년이야! 그런 우리가 서로를 용서할 수 있어요? 하지만 저 사람을 구해주면 당신을 위해 평생 기도하겠어."

"당신, 용서를 거부하는구나!"

미챠가 질책을 담은 목소리로 외쳤다.

"걱정 말아요. 저이를 구해주겠어요."

카테리나가 급히 말하더니 밖으로 나갔다.

"알료샤, 어서 따라가봐. 그냥 저렇게 보낼 수는 없어. 하지만…… 무슨 말을 전해야 할지는 정말……."

"형, 저녁에 다시 올게!"

그렇게 외치며 알료샤는 밖으로 뛰어나갔다.

알료샤는 곧 카테리나를 병원 울타리 밖에서 따라잡았다. 알료샤의 모습을 보자 그녀가 재빨리 말했다.

"저 여자 앞에서는 스스로를 벌할 수도 없네요. 저 여자에게 용서를 빈 건 나 자신을 철저하게 벌주기 위해서였어요. 그런데 저 여자는 그걸 거부했어요. 하지만 그래도 난 저 여자가 좋아요! 그래도 좋단 말이에요!"

그녀의 목소리는 어딘가 부자연스러웠고 눈은 분노로 빛나고 있었다.

"형은 이럴 줄 정말로, 전혀 몰랐어요."

알료샤는 달리 할 말이 없어 어정쩡하게 미챠를 변명했다.

"그녀가 오지 않으리라 생각했는데……."

"됐어요, 그 이야기는 그만하지요."

그녀가 말을 잘랐다.

"그나저나 오늘 장례식에는 갈 수 없겠어요. 관을 장식할 꽃들은 이미 보내놓았어요. 아마 그 집에 돈이 아직 남아 있을 거예요. 가게 되면 대신 말 좀 전해주세요. 앞으로도 그냥 모른 척 하지는 않을 거라고……. 자, 이제 그만 나를 놔주세요. 당신도 서둘러 가봐야겠네요. 늦겠어요……. 벌써 미사 종이 울리려 하는데……."

제3장

실제로 알료샤는 늦었다. 사람들은 그를 기다리다 못해 그가 없는 가운데 꽃으로 장식된 관을 교회로 옮기려던 참이었다. 바로 일류샤의 관이었다. 일류샤는 미챠의 선고가 있은 지 이틀 뒤에 숨을 거두었다.

알료샤가 일류샤의 집 대문에 나타나자 아이들의 환호성이 들렸다. 일류샤의 학교 친구들이었다. 아이들은 모두 조바심을 내며 알료샤를 기다렸고, 그가 나타나자 너무 기뻐했다. 아이들은 모두 열두 명이었고 모두 책가방을 메고 있었다.

"아빠가 울 테니까 모두 곁에 있어줘."

일류샤가 자신이 죽을 것을 알고 아이들에게 말했고 아이들은 모두 그 말을 기억하고 있었다. 그들의 대장은 물론 콜랴 크라스트킨이었다.

콜랴는 알료샤를 향해 손을 내밀며 외쳤다.

"카라마조프, 당신이 오셔서 얼마나 기쁜지 몰라요. 하지만 일류샤가 죽어서 너무 슬퍼요. 일류샤의 아버지도 오늘은 술을 입에 대지도 않았어요. 어서 안으로 들어가요. 참, 안으로 들어가기 전에 한 가지 물어봐도 될까요?"

"뭐지요, 콜랴?"

"당신 형님이 무죄인가요, 유죄인가요? 당신 형님이 아버지를 죽였나요, 아니면 하인이 죽였나요? 모든 게 당신 말대로일 테니까요. 지난 나흘간 그 생각을 하느라 잠을 못 잤어요."

"하인이 죽였고 형님은 결백합니다."

알료샤가 말했다.

"그것 봐! 내가 뭐라고 그랬어!"

곁에 있던 스무로프가 외쳤다.

"그렇다면 그는 무고한 희생자가 되는 거로군요." 콜랴가 외쳤다. "그는 파멸하더라도 행복할 거예요! 나는 그가 부러울 수 있어요!"

"무슨 소리지? 어떻게? 왜?"

알료샤가 놀라서 외쳤다.

"오, 나도 언젠가 진리를 위해 스스로를 희생할 수 있다는 뜻이에요."

콜랴가 열광적으로 말했다.

"하지만 그런 식으로는 안 돼요! 그런 치욕과 그런 공포를 겪으면서!"

알료샤가 외쳤다.

"물론이에요. 나는 인류 전체를 위해 죽고 싶어요……. 그리고 치욕, 그건 별로 상관없어요. 어차피 이름은 사라질 테니까. 난 당신의 형을 존경해요."

알료샤는 안으로 들어갔다. 하얀 레이스로 장식된 관 안에 일류샤가 작은 두 손을 모은 채 눈을 감고 누워 있었다. 이목구비가 하나도 변한 게 없었으며 특히 십자형으로 모아 쥔 손은 대리석 조각처럼 아름다웠다. 관은 카테리나가 보내온 꽃으로 아름답게 장식되어 있었다.

알료샤가 안으로 들어섰을 때 일류샤의 아버지 스네기료프는 거의 반쯤 정신이 나간 채, 입으로는 연신 '우리 아가! 우리 귀여운 아가!'를 되뇌며 관 위에 꽃을 뿌리고 있었다. 몸이 불편한 일류샤의 어머니가 울먹이며 자신에게도 아이에게 뿌릴 꽃을 달라고 남편에게 사정했지만 스네기료프는 아무도 관 옆에 얼씬도 못 하게 했다.

"우리 아가는 교회에 묻지 않겠어!"

스네기료프가 갑자기 울부짖었다.

"바위 곁에 묻겠어. 우리 집 옆 바위 곁에 묻겠어. 일류샤가 그렇게 해달라고 말했어! 우리 아가는 절대로 못 데려가!"

하지만 알료샤와 집주인 노파, 아이들이 모두 나서서 그를 설득한 덕분에 그는 마지못해 옆으로 물러섰다.

교회는 기껏해야 300보 정도, 아주 가까운 거리에 있었다. 약간 쌀쌀한 기운이 도는 화창한 날이었다. 교회 종이 울리고 있었다. 스네기료프는 거의 정신이 나간 채 허둥지둥 관 뒤를 쫓아왔다. 한 발자국도 혼자 움직이기 힘들 정도로 아픈 일류샤의 어머니는 집에 남아 있을 수밖에 없었다.

"아니, 빵 껍질을 잊어버렸어! 빵 껍질을 안 가져왔어!"

갑자기 스네기료프가 소리쳤다. 그러자 소년들이 그에게 그가 빵 껍질을 미리 챙겼으며 그의 호주머니에 들어 있다고 일러 주었다. 그는 호주머니에서 빵 껍질을 꺼내 직접 확인한 뒤에야 비로소 안심했다.

"일류샤가 말했거든요."

스네기료프가 알료샤에게 설명했다.

"어느 날 저녁 그 애 곁에 앉아 있는데 갑자기 그 애가 말했어요. '아빠, 내 무덤에 흙을 뿌릴 때 빵 껍질도 함께 뿌려줘. 그러면 참새들이 날아올 거야. 나는 새소리를 듣고 나 혼자가 아니라는 생각에 즐거워할 거야'라고요."

"그거참 좋은 일이네요."

알료샤가 대답했다.

"우리도 자주 그렇게 해야겠어요."

"매일! 매일 해줘요!"

그 생각에 기분이 좋아진 스네기료프가 재빨리 대답했다.

이윽고 관이 교회 묘지에 도착했고 장례미사가 거행되었다. 미사가 진행되는 동안 스네기료프는 내내 훌쩍였고 아이들도 눈물을 흘렸다. 이윽고 관이 무덤 속으로 내려가고 관에 흙을 덮기 시작하자 스네기료프는 아예 무덤 속으로까지 따라갈 기세였고 아이들은 겨우 그를 말릴 수 있었다. 스네기료프는 주머니에서 빵 껍질을 꺼내 잘게 뜯어 무덤 위로 흩뿌리며 중얼거렸다.

"새들아, 이리로 날아오렴! 참새들이 이리로 날아와!"

아이들은 모두 슬프게 울었다. 그중 누구보다 슬프게 운 것은 콜랴였다.

장례가 끝났다. 알료샤는 아이들과 함께 다시 일류샤의 집으로 향했다. 일류샤의 아버지 스네기료프가 장례식이 끝나기도 전에 "엄마에게 꽃을 줘야 해! 내가 꽃을 주지도 않았어!"라고 외치며 마치 정신이 나간 듯 집으로 돌아갔고 모두들 그가 걱정이 되었던 것이다.

그들이 집으로 가보니 온통 울음바다였다. 그 모습을 보고 콜랴는 견디지 못하고 밖으로 뛰쳐나갔고 아이들도 그 뒤를 따라 밖으로 나가기 시작했다. 알료샤도 그 뒤를 따라 밖으로 나갔다.

"실컷 울게 내버려두지요."

알료샤가 콜랴에게 말했다.

"지금 달래봤자 소용없어요. 좀 기다렸다 다시 들어가도록 하지요."

"그래요, 우리가 달랜다고 슬픔을 삭일 수 없을 거예요."

콜랴가 그의 말을 받더니 갑자기 둘만 들을 수 있도록 목소리를 낮춰서 말했다.

"아, 정말 너무 슬퍼요. 일류샤가 다시 돌아올 수만 있다면 무엇이든 다 내줄 수 있어요!"

"나도 그래요."

알료샤가 말했다.

"그런데, 카라마조프 씨, 어떻게 생각하세요? 오늘 밤에 다시 와봐야 하지 않겠어요? 일류샤 아버지는 잔뜩 취해 있을 거예요."

"그럴 거예요. 당신하고 나하고 둘이서만 와서 한 시간 정도 함께 있지요. 모두 오면 일류샤 생각에 더 슬퍼질 테니까요."

"집주인 할머니가 음식을 준비하고 있나봐요. 그런데 정말 이상해요. 이렇게 슬픈데 케이크를 먹는다니! 종교적으로 자연스러운 일이 아니잖아요."

알료샤가 뭔가 대답을 하려 했을 때였다. 갑자기 스무로프가 소리쳤다.

"이게 바로 일류샤의 바위야! 여기 묻히고 싶어 했어!"

다들 커다란 바위 옆에 말없이 멈춰 섰다. 그 바위를 보고 있자니 바로 그날 일류샤가 아버지에게 울면서 했다던 이야기가 그림처럼 떠올랐다. 일류샤가 "아빠, 그 사람이 아빠를 얼마나 업신여겼는지 몰라!"라며 울먹였다고 스네기료프가 알료샤에게 말해주었다. 순간 그의 영혼에 뭔가 충격이 가해졌다. 그는 진지한 표정으로 일류샤의 학교 친구들 얼굴을 하나하나 찬찬히 둘러보더니 갑자기 그들을 향해 입을 열었다.

"여러분, 바로 이 자리에서 여러분에게 해주고 싶은 말이 있어요."

소년들은 그를 둘러싼 채 기대에 찬 눈으로 그의 말에 귀를 기울였다.

"여러분, 우리는 곧 헤어질 겁니다. 나는 얼마 동안 두 형님들 곁에 있어야 해요. 한 분은 시베리아로 유형을 떠날 것이고 한 분은 죽음을 목전에 두고 있으니까요. 그런 후 나는 이 도시를 떠날 것이고 아마 아주 오랫동안 떠나 있을 거예요. 우리는 헤어지게 되는 거지요. 자, 여기 이 바위 앞에서 약속합시다. 일류샤를 영원히 잊지 않겠다고, 여러분 서로서로를 잊지 않겠다고. 그리고 훗날 우리의 삶에서 무슨 일이 벌어지더라도, 또 우리가 앞으로 20년 동안 서로 만나지 못하더라도 우리가 언젠가 돌을 던졌던 그 소년을 어떻게 묻었는지 항상 기억하도록 합시다. 여러분, 기억나지요? 바로 저 다리 위에서 서로 돌을 던졌던 사실을? 하지만 결국 우리는 모두 그 소년을 사랑하게 되었지요?

그 소년은 멋진 소년이었고 상냥했으며 용감했어요. 그 소년은 아버지의 명예를 존중했고, 아버지가 모욕을 받았다고 생각하자 분연히 아버지를 위해 세상과 맞섰어요! 그러니 여러분, 우리는 무엇보다 이 소년을 평생토록 기억합시다. 우리가 아무리 중요한 일을 하게 되거나 높은 지위에 오르더라도, 반대로 큰 불행을 겪게 되더라도, 우리가 이렇게 한마음으로 착하고 상냥한 기분을 느끼며, 이렇게 함께 했던 것이 얼마나 좋은 일이었는지 항상 기억합시다. 우리가 이 소년을 여전히 사랑하는 동안, 그 기억은 우리 모두를 실제의 우리보다 나은 사람으로 만들어줄 것입니다.

나의 귀여운 비둘기들이여! 여러분을 그렇게 부르고 싶어지는군요. 여러분을 보고 있자니 여러분이 그 예쁜 새와 닮은 것 같아요. 사랑하는 나의 아이들이여! 아마 여러분은 내가 지금 여러분에게 들려주고 있는 이야기를 이해하지 못할 수도 있습니다. 두 손에 잡히는 확실한 이야기가 아닐 수 있으니까요. 그렇더라도 잊지 말고 기억해두세요. 나중에 고개를 끄덕이게 될 겁니다.

여러분, 우리의 삶에서 좋은 기억, 특히 어린 시절을 보냈던 집에 대한 기억보다 더 고결하며 더 강렬하고 더 유익하며 더 좋은 것은 아무것도 없다는 사실을 알아야 합니다. 어린 시절의 아름답고 성스러운 추억을 간직하는 것, 그것이야말로 모든 교육 중에서도 으뜸입니다. 인생을 살아오면서 그런 기억을 많이 간직하고 있는 사람은 죽을 때까지 구원받은 삶을 살 수 있을 것입니다. 심지어 우리의 마음속에 단 하나라도 훌륭한 추억이 남아 있다면, 언젠가 우리를 구원으로 이끌 가능성이 남아 있는 셈입니다.

우리는 살면서 우리도 모르게 사악한 마음을 품을 수 있고 사악한 행동을 할 수도 있습니다. 우리는 자라면서 냉소적인 사람이 될 수도 있습니다. 하지만 설령 우리가 그렇게 되더라도 바로 이 순간만은 우리가 선량했다는 것, 우리의 마음이 다정했다는 것을 부인할 수는 없을 것이며 그랬던 자기 자신을 비웃지도 못할 겁니다. 바로 이 추억 하나만으로도 우리는 스스로를 악으로부터 지켜낼 수 있으며 자신도 그때는 착하고 용감한 소년이었다고 중얼거리게 될 겁니다."

"꼭 그렇게 될 거예요. 나는 당신의 말을 이해해요, 카라마조프 씨!"

콜랴가 눈을 빛내며 말했다. 다른 아이들도 뭔가 한마디씩 하고 싶은 걸 참고 있음이 역력했다.

알료샤가 말을 계속했다.

"내가 여러분에게 이런 말을 하는 건 우리가 나쁜 사람이 될

까봐 두렵기 때문입니다. 하지만 우리가 나쁜 사람이 되어야 할 이유는 하나도 없습니다. 안 그런가요, 여러분! 자, 우리 모두 무엇보다 친절하고 정직한 사람이 됩시다! 그리고 무엇보다 서로를 잊지 맙시다. 다시 말합니다. 내 이름을 걸고 약속하지만 나는 여러분 이름을 단 한 명도 잊지 않겠습니다. 지금 나를 바라보고 있는 여러분 얼굴 하나하나를 30년이 지나도 기억할 것입니다. 여러분 모두 내게 사랑스러운 존재니 모두 내 마음속에 담아둘 것입니다. 여러분도 여러분 마음속에 나를 담아두길 바랍니다.

자, 누가 우리를 이렇게, 선량하고 정겨운 감정을 갖고 하나로 뭉치게 해주었습니까? 누가 우리로 하여금 그 감정을 늘 기억하도록, 또 기억하고 싶도록 만들었습니까? 저 훌륭한 소년, 저 착한 소년, 저 사랑스러운 소년, 우리 모두에게 평생 소중한 소년, 일류샤가 아니면 누구겠습니까? 그를 영원히 잊지 맙시다. 지금부터 그에 대한 추억이 우리 마음속에 영원하기를!"

"맞아요! 영원히! 영원히!"

소년들이 모두 온화한 표정을 한 채 낭랑한 목소리로 함께 외쳤다.

"일류샤의 얼굴, 그가 입었던 옷, 그가 신었던 초라한 작은 신발, 그의 관, 그의 불행하고 죄 많은 아버지를 기억합시다. 그리고 그 애가 아버지를 위해 그가 얼마나 용감하게 학교 전체와 맞섰는지를 기억합시다."

"기억할 거예요! 기억할 거예요!"

아이들이 외쳤다.

"걔는 용감했어요! 걔는 착했어요!"

"나는 그 애를 정말 좋아했어!"

콜랴가 외쳤다.

"오, 소년들이여! 사랑하는 친구들이여! 삶을 두려워하지 말기를! 착하고 옳은 일을 한다면 삶은 그 얼마나 좋은 것인지!"

"그래요! 정말 그래요!"

아이들이 열광적으로 외쳤다.

"카라마조프 씨! 우리들은 당신이 정말 좋아요."

누군가가 그렇게 외쳤고 모두들 따라서 외쳤다.

"카라마조프 만세!"

콜랴가 환희에 차서 외쳤다.

"죽은 소년에 대한 기억이여 영원히!"

알료샤가 정감을 듬뿍 담아 덧붙였다.

"영원히!"

소년들이 그의 말을 받았다.

"카라마조프 씨!"

콜랴가 외쳤다.

"종교에서 우리에게 가르치듯 우리가 죽음으로부터 다시 한 번 일어나 다시 생명을 얻고 다시 서로를, 다시 일류샤를 보게 될 수 있을까요?"

"그렇습니다. 우리는 다시 일어나 서로를 만나게 될 것입니다. 그리고 우리에게 일어난 일을 기쁜 마음으로 서로 이야기 나누게 될 것입니다."

반은 웃고 반은 열광에 사로잡힌 채 알료샤가 대답했다.

"아, 그렇게만 된다면 얼마나 좋을까!"

콜랴의 입에서 불쑥 나온 말이었다.

"자, 이제 이야기는 그만하고 일류샤의 추도회에 가봅시다. 이런 날 케이크와 음식을 먹는다고 조금도 이상한 게 아니에요. 아주 오래된 풍습이고, 거기엔 좋은 점도 있어요. 자, 갑시다. 이렇게 손에 손을 맞잡고!"

알료샤가 웃으며 말했다.

"언제나 이렇게! 평생 손에 손을 맞잡고! 카라마조프 만세!"

콜랴가 다시 한번 환희에 차서 외쳤고 다른 소년들도 그를 따라 다시 한번 외쳤다.

"카라마조프 만세!"

『카라마조프가의 형제들』을 찾아서

드디어 끝냈다. 정말 아주 긴 여행을 마친 기분이다. 『죄와 벌』을 시작으로 『백치』 『악령』을 거쳐 『카라마조프가의 형제들』이라는 종착역에 도달한 것이다. 성취감, 만족감과 함께 지독한 피로감이 몰려온다. 하지만 지극히 달콤한 피로감이다. 기나긴 영혼의 여행 뒤에 오는 피로에 행복감과 달콤함이 함께하는 것은 당연하다.

여러분도 마찬가지겠지만 나는 도스토예프스키의 소설들을 읽으면서 소설 속 인물들의 영혼의 행로를 그냥 편안한 자세로 지켜보고 있지 못한다. 나도 모르게 그 여행에 참여한다. 그것도 내게 익숙한, 지극히 정상적인 상태가 아니라 아주 극단적이고, 거의 광기에 가까운 상황에서……. 그러니 지치지 않을 수 없다. 그러나 그 극단적인 상태, 그 광기 덕분에, 나는 나의 영혼의 저 깊숙한 곳, 내가 평소에는 들여다보지 못하던, 느낌조차 갖지 않았던 그곳의 울림을 듣는다. 그리고 무엇보다 나를 지치게 만드는 것은 그 울림이 한두 목소리로 이루어진 게 아니라 아주 다양한 목소리로 이루어져 있다는 사실이다.

도스토예프스키의 소설들을 읽으면서 여러분도 나와 비슷한 경험을 했을 것이다. 때로는 『죄와 벌』의 라스콜리니코프가 되어보기도 하고, 『백치』의 미쉬킨 공작에 공감하기도 했을 것이며, 『악령』의 니콜라이 스타브로긴에게 반감을 느끼는 동시에 매혹되기도 했을 것이다. 비단 그런 주인공들뿐 아니라 소설에 등장하는 무수한 다른 등장인물들의 행동과 발언에 대해서도 비슷한 느낌을 가졌을 것이다. 그리고 그 모든 소설의 종합이자 종착역이라 할 수 있는 『카라마조프가의 형제들』을 읽으면서 소설 속의 거의 모든 등장인물에게 그런 느낌을 가졌을 것이다.

그런데 그런 느낌에 사로잡혀 작품을 읽으면서 정작 우리를 더 지치게 만드는 요인은 따로 있다. 우리는 소설을 읽으면서 우리 스스로 때로는 이런 인물이, 때로는 저런 인물이 된다. 내 속에 들어 있는 온갖 다양한 '또 다른 나'들이 꿈틀거리는 것을 느끼면서 '내 속엔 내가 너무도 많아'라고 중얼거릴지도 모른다. 그것만으로도 피곤한 일이다. 그런데 그 '또 다른 나'에 대한 우리의 느낌이 한결같지 않다. 여러분도 가만히 되짚어보라. 소설 속 등장인물에 몰입해 있다가도, 그 인물에 대해 때로는 공감하기도 하고 때로는 강하게 반발을 느끼지 않았는가?

이반을 예로 들어보자. 어찌 보면 이반은 아주 매혹적인 인물이다. 그는 이 세상을 행복한 세상으로 만들기 위해 극단적인 고뇌를 하고 있는 지식인이다. 게다가 그가 알료샤(알렉세이)에게 들려주는 '대심문관'이라는 서사시는 이 작품의 정점을 이룬다. 그 서사시의 대심문관은 이반의 고민을 그대로 대변한다. 그가 안고 있는 고민은 어떻게 하면 이 지상의 인간을 행복하게 해줄 수 있는가 하는 것이다. 너무나 건전한 고민이다. 그 이타적인 고민 앞에, 그의 해박한 지식 앞에, 그의 설득력 있는 논리 앞에 우리는 고개를 숙인다.

하지만 그가 택한 길은 인간과 세상에 대한 부정적인 인식에서 비롯된 길이다. 그가 보기에 인간은 어차피 결함을 지닌 존재이며, 삼차원적인 사유만 할 수 있는 존재다. 그런 인간에게 자유를 주는 것은 오히려 인간을 고통과 번민에 빠뜨리는 일이다. 인간을 행복하게 만들기 위해서는 자유 대신에 빵을 주어야 한다. '신비'와 '기적'과 '권위'를 기치로 내걸고 인간을 기만해야 한다. 그 길은 성서에서 악마가 그리스도를 유혹하면서 제시했던 길이다. 그가 택한 길은 신의 존재를 부정하는 길이다. 인간의 모든 가능성을 부정하고 박탈하는 길이다. 그렇게 택한 길에서 인간은 권위에 복종하는 순하고 어린 양에 불과한 존재가 된다. 인간의 행복을 위한다는 명분이 인간이라는 존재의 가치 자체를 부정하는 모순에 이르게 되는 것이다. 그렇다면 그에게 무엇이 결여되어 그렇게 된 것인가? 바로 구체적인 삶과 사랑이다. 그가 택한 길이 지적(知的)인 논리의 길이기에 구체적 삶이 결여되어 있으며 세상과 인간에 대해 회의(懷疑)와 부정에 빠져 있기에 사랑이 결여되어 있다. 드미트리(미챠)는 그런 이반을 무덤이라고 말한다. 그의 삶이 죽음과 같은 삶이라는 뜻도 되고 무덤 뒤, 즉 죽음 뒤에도 어둠과 죽음밖에 없는 존재라는 뜻이기도 하다. 그런 이반에 대해 알료샤는 다음과 같이 말한다.

"그러면 봄철의 잎사귀는? 저 거룩한 무덤들은? 푸른 하늘과 사랑하는 여인은? 형, 대체 어떻게 살아가겠다는 거야? 이런 것들을 어떻게 사랑할 수 있겠어? 마음과 머리

에 그런 지옥을 간직한 채 어떻게 살아갈 수 있다는 거야?" (『카라마조프가의 형제들 I』 211쪽)

사설이 좀 길어졌다. 나는 이 작품을 분석하기 위해 이 해설을 쓰고 있는 것이 아니므로 옆길로 샌 셈이기도 하다.

다시 돌아가 말한다면 그런 이반에게 반감을 느낀 사람도 많을 것이다. 굳이 기독교 신자가 아니더라도, 궁극적으로는 전제적 독재정치를 옹호하는 그의 사유에 어찌 반발하지 않을 수 있겠는가? 그렇게 우리는 이반이라는 인물에 대해 공감을 느끼기도 하고 반감을 느끼기도 한다.

표면적으로 광폭한 성격에 방탕한 생활을 하는 미챠에 대해서도 마찬가지다. 어떤가? 그의 부도덕한 온갖 행동에 치를 떨다가도 도둑질이나 거짓말을 최대의 치욕으로 생각하는 그의 명예심이 소중해 보이면서 그에게 공감하지 않았는가?

우리에게는 이 인물들이 지극히 비현실적인 인물들처럼 보일 수도 있다. 지극히 과장된 인물처럼 보일 수도 있다. 적어도 겉보기에는 그렇다. 하지만 우리 모두 우리들 속을 한 번 곰곰 들여다보자. 그리고 자기 자신에 대해 스스로 판결을 내려보자. 우리가 이 소설을 읽으면서 혐오감과 반감을 느끼던 존재가 내 속에 들어 있는 것이 보이지 않는가? 그렇다고 실망하지 마라. 아주 당연한 일이다. 그게 바로 인간이고 인간의 운명이기도 하다.

그렇다. 도스토예프스키의 소설들, 특히 『카라마조프가의 형제들』은 우리가 평소에 부정하던 우리의 모습, 우리가 잊으려 애쓰던 우리 자신의 모습을 적나라하게 우리에게 들이민다. 심지어 그 모습과 친숙하게 만들어주기도 한다. 그지없이 피곤한 일이다. 심지어 악마까지 우리에게 친숙하게 만들어준다. 도대체 무슨 심술로 그러는 것일까?

우리가 우리의 깊은 곳에 숨어 있는 혐오스러운 존재, 그곳에서 숨 쉬고 있는 악마를 느낀다는 것은 무엇을 의미할까? 그 존재를 혐오스럽게 여기는, 악마로 인식하는 그 어떤 기준이 있다는 것을 의미하지 않을까? 평소에 아무 생각 없이 나쁜 짓을 일삼던 사람이 느닷없이 '나는 나쁜 놈이야!'라고 울부짖는 경우를 생각해보자. 그 순간은 나쁜 것을 나쁘다고 인식하는 그 무언가 선한 것이 깨어난 것을 의미하지 않을까? 그렇다면 묘한 역설이 존재하는 셈이다. 내가 내 속의 악마를 똑바로 인식하는 것은 내가 이미 하늘의 길, 종교의 길로 들어섰음을 의미하는지도 모른다. 최소한 그 길은 '내 속에 악마 따위는 없어! 내 생각과 행동은 모두 하느님이 명하신 길이야'라고 자만하는 길보다는 훨씬 더 영적(靈的)인 길에 가까운 길이다. 그 자만은 나를, 이 세상을, 그저 있는 그대로 받아들이게 만들 소지가 크기 때문이다. 자신을 오히려 영성(靈性)으로부터 멀어지게 만들 소지가 크기 때문이다. 실제로 우리 주변에는 그런 신앙인이 너무 많다. 그런 신앙인에게는 감히 권한다. 악마와 조금 더 친해지기를! 자신의 내부에 있는 악마를 경원시하지 말고 좀 더 똑바로 바라보기를! 그리고 그것이 악마임을 인정하기를!

내가 그렇게 악마적으로, 약간의 심술을 섞어 외치자 옆에서 누가 넌지시 건드리며 말리는 것 같다. 바로 알료샤다. 그는 우리를 그렇게 사정없이 뒤흔들던 다른 인물들과는 사뭇 다른 인물이다. 어찌 보면 이 소설에서 부수적인 인물처럼 보이기도 한다. 그는 우리를 고문하지도 않고 흥분하게 만들지도 않는다. 무슨 사건에 휘말리지도 않는다. 그냥 있는 듯 없는 존재 같다. 그런데 도스토예프스키는 작품 서두에서 그를 "이 소설의 미래의 주인공(『카라마조프가의 형제들 I』 24쪽)"이라고 말한다.

그런데 아무리 봐도 그가 주인공인 것 같지 않다. 게다가 어리석은 것 같기도 하다. 저 이반이 보여주는 '대심문관'의 화려함과 마지막에 그가 소년들을 향해 행한 연설을 비교해보라. 너무 평범하고 진부하기까지 하다.

그런데 그에게 아주 큰 특징이 있다. 누구나 그를 믿고 좋아한다. 그의 괴물 같은 아버지 표도르도 그를 좋아하며 미챠는 남에게 감추는 이야기도 그에게는 다 털어놓는다. 게다가 『백치』의 미쉬킨 공작처럼 남들에게 영향을 미쳐 변화시키기도 한다. 콜랴가 대표적이다. 한마디로 그는 공기와 같은 존재이며 천의무봉(天衣無縫) 같은 존재다. 그리고 말보다 실천의 화신이다. 그의 말이 화려하지 않은 것은 말을 앞세우기보다 사랑을 실제로 행하기 때문이다.

그렇기에 그가 작품의 끝에서 아이들에게 들려주는 이야기는 너무 쉽고 평범하다. 착하게 살라는 것이다. 최소한 지금 우리들은 모두 선한 생각만 하고 있으며 선한 일을 하고 있다는 사실, 그 생각과 실천으로 모두 하나였다는 사실을 잊지 말고 기억하자는 내용이다. 대단할 것 하나도 없는 이야기다.

하지만 찬찬히 생각해보자. 그게 과연 쉬운 일일까? 여러분에게 다른 식으로 묻고 싶다. 이 작품의 등장인물 중 당신과 가장 닮지 않은 인물이 누구일까? 비슷한 사람이 되려고 해도 정말 어려운 사람이 누구일까? 혹시 이반의 천재성에 질려서 이반이라고 답하는 사람이 있을지도 모르겠다. 야수 같은 미챠라고 대답할 사람이 있을지도 모르겠다.

하지만 나는 알료샤라고 말하고 싶다. 나는 알료샤처럼 착하게 살기 정말 어렵다. 나는 알료샤처럼 천의무봉이 되기 정말 어렵다. 알료샤처럼 모든 사람의 사랑을 받기 정말 어렵다. 어렵다기보다는 아예 불가능하다. 정말 이를 악물고 열심히 공부하면 이반 비슷하게 될 수 있고, 두 눈 딱 감고 내 욕망이 이끄는 대로 행동하면 미챠에 가까워질 수 있다. 나쁜 사람의 질 낮은 행동을 향해 분노하기는 쉬워도 용서하고 화해하기는 정말 어렵다.

그래서 알료샤는 비현실적인 인물이다. 그토록 착하고 순수한 사람은 이 세상에 존재하지 않는다. 그는 도스토예프스키의 이상(理想)이다. 이상은 현실이 될 수 없다. 그러나 이상이 현실이 될 수 없다는 말이 이상은 필요 없는 허상일 뿐이라는 말은 아니다. 그 이상이 우리를 이끌어주고, 우리가 짐승처럼 되는 것을 막아주기 때문이다. 그 이상이 우리를 선한 마음으로, 선한 행동으로 이끌기 때문이다. 그래서 알료샤는 소년들에게 지금 이 순간을 기억하자고 말한다. 이 순간을 기억하는 것은 바로 그 이상을, 그 꿈을 잊지 않고 간직하는 것과 같다.

나는 가능한 한 많은 사람이 도스토예프스키의 작품들을 읽었으면 좋겠다. 이 소설에 나오는 거의 모든 인물은 도스토예프스키 자신의 변신들이다. 그는 가난한 소지주 집안 출신이었으며 사형선고를 받았다가 처형 직전에 사면되어 8년간 유형생활을 했던 사람이다. 게다가 그는 평생 간질을 앓았던 사람이다. 그런 삶을 살면서 그는 그 무엇보다 영혼의 구원에 대한 갈증을 느꼈다. 그는 지식인이었으며 신앙인이었고, 무엇보다 그 안에 선과 악이 들끓고 있는 격정적인 사람이었다. 이 작품 속 등장인물들의 운명은 바로 그의 운명이다. 이 작품 속 등장인물들의 범죄는 바로 그의 정신 깊은 곳에 숨어 있는 범죄 바로 그것이다. 그는 그 범죄자의 모습을 숨김없이 그린다. 그는 그렇게 자기의 내면을 드러내 보이면서 그 모습이 바로 우리들의 모습임을 우리에게 일깨운다.

그가 세계문학의 정상에 우뚝 설 수 있었던 것은 바로 그의 모습이 우리들 자신의 모습이기 때문이다. 그리고 그 모습을 숨김없이 드러내면서 영혼의 갈증을 잊지 않았고, 자신의 이상을 추억으로 간직하고 있었기 때문이다. 사람살이에서 기본이 되는 온갖 덕목들, 명예, 수치심, 사랑, 선함 같은 것들이 조롱의 대상이 되고 있는 이 세상에서 그의 책을 읽은 경험이 하나의 기억으로 우리들 안에 남아 있다면, 우리의 삶은 살 만한 게 되고 세상도 그렇게 될 수 있으리라. 그리고 미챠처럼 "아니, 저 사람들은 왜 저렇게 비참한 거야? 저 아기는 왜 가난한 거야? 들판은 왜 이렇게 황량한 거야? 왜 서로들 껴안지 않는 거야? 왜 기쁨의 노래를 부르지 않는 거야? 왜 아기에게 먹을 것을 주지 않는 거야?(『카라마조프가의 형제들 II』 67쪽)"라고 물으며 새로운 눈으로 세상을 보게 될 수 있으리라. 이 책을 읽은 느낌이 하나의 기억으로 남아 있을 수만 있다면…….

나는 알료샤는 꿈이며 현실이 아니라고 말했다. 도스토예프스키는 그 꿈이 현실 속으로 내려온 소설을 구상했다. 그의 작가 노트를 보면 그는 『카라마조프가의 형제들』 속편을 기획했다. 그 노트에서 그는 알료샤가 정신적 순례 행적을 겪은 후 혁명가가 된다고 적었다. 조시마 장로가 암자에 은거하여 찾아오는 사람들에게 복음을 전해준 데 반해, 그의 충실한 제자인 알료샤는 저잣거리로 하산해서, 세상 사람들 곁에서 살아가게 되는 셈이다.

도스토예프스키가 그 소설을 마치고 죽었으면 얼마나 좋았을까 하는 생각을 해본다. 그러면 부차적인 우리의 궁금증도 풀렸을 텐데……. 미챠는 과연 탈출에 성공했을까? 과연 아메리카로 가서 살다가 돌아왔을까? 이 작품에서 한 번 등장한 뒤 더 이상 언급이 없는 리자는 어떻게 되었을까? 알료샤는 과연 리자와 결혼했을까? 알료샤 앞에서 만세를 외치던 열두 명의 아이들은 어떻게 되었을까? 정말로 그 순간을 잊지 않는 삶을 살았을까? 그리고 무엇보다, 알료샤가 어떻게 자신의 모습과는 전혀 어울리지 않는 혁명가가 될 수 있었을까? 알료샤가 몸으로 보여줄 혁명은 이반이 추구했던 사회주의와는 어떻게 다를까? 어떻게 지상에서의 인간의 삶에 영성을 부여해주면서 동시에 지상에서의 행복을 보장해주는 일이 가능했을까? 어떻게 지상의 삶이 천상의 삶으로 격상해 천상의 삶이 지상에서 실현될 수 있었을까?

여러분들이 한번 그런 소설을 구상해보지 않겠는가?

『카라마조프가의 형제들』은 문인들뿐 아니라, 철학자들에게도 영향을 주었고, 심지어 과학자, 정치가 들도 이 작품에서 감명을 받고 영향을 받았다고 고백했다. 아인슈타인 같은 과학자,

니체와 하이데거와 프로이트, 비트겐슈타인 같은 철학자, 카프카, 톨스토이, 헤세, 카뮈, 헨리 밀러, 무라카미 하루키 같은 소설가에 심지어 푸틴, 힐러리 클린턴 같은 정치가들이 바로 그들이다. 특히 톨스토이는 도스토예프스키의 소설에 등장하는 인물들이 광기 한가운데 드러내 보이는 정신적 고양 상태가 위대함의 원천이라고 말했으며, 헤르만 헤세는 도스토예프스키는 소설가임을 뛰어넘어 예언가와 같은 사람이라고 칭송했다.

이 작품이 수없이 영화로, 연극으로 각색되어 소개되었음은 두말할 필요도 없으리라.

도스토예프스키는 1821년 모스크바에서 자선병원 의사였던 아버지 미하일 안드레예비치 도스토예프스키와 신앙심이 깊었던 어머니 마리야 표도로브나 네차예바의 둘째 아들로 태어났다. 17세 때인 1838년 공병학교에 입학했으며 1840년 하사관으로 임명되었고 두 해 후에 소위로 임관했고 23세 되던 1844년 제대했다.

이후 오로지 집필에만 몰두해 1846년 『가난한 사람들』을 발표한 이후로 10여 편의 장편과 단편을 계속 발표했다. 그러던 그에게 일생일대의 사건이 하나 벌어진다.

도스토예프스키는 기질상으로 보나 개인적 신념으로 보나 혁명주의자는 아니었다. 그러나 그는 사회주의자인 푸리에와 프루동의 책을 함께 읽는 젊은 문인들의 모임에 정기적으로 나갔다. 1849년 그는 불순분자라는 이유로 다른 문인들과 체포되어 사형선고를 받는다. 그해 12월 그는 세묘노프스키 광장으로 끌려 나가 총살을 받기 일보 직전의 상황에 처했다. 그런데 일촉즉발의 순간 황제의 특사로 사형 집행이 중지되고 중노동으로 감형된다.

이후 4년간의 잔여 형기를 마치고 그는 1854년 출옥한다. 그리고 38세가 되던 1859년까지 다시 입대해 군 생활을 한다.

그가 40세 되던 1861년에 농노 해방제가 실시되었으며 그는 그해에 『상처받은 사람들』을 출간했다. 노름 벽과 간질이라는 두 가지 장애가 있었던 그는 끊임없이 가난과 빚에 시달렸지만 왕성한 작품 활동은 멈추지 않았다. 1866년에 『죄와 벌』을, 1868년에 『백치』를, 1871년에 『악령』을 연재했으며, 1879년에 『카라마조프가의 형제들』 연재를 시작해 이듬해 단행본으로 출간했다.

그는 60세 되던 1881년 동맥 파열을 겪은 후 1월 28일에 사망해 페테르부르크의 알렉산드르 네프스키 대수도원 묘지에 안장되었다.

그가 톨스토이와 함께 러시아의 양대 문호로 일컬어지는 데는 그 누구도 이의를 달지 않으며, 그에게 세계문학사의 손가락에 꼽히는 거장이라는 칭호를 내리는 데도 그 누구 하나 주저하지 않는다.

카라마조프가의 형제들 II
생각하는 힘: 진형준 교수의 세계문학컬렉션 50

펴낸날 **초판 1쇄 2020년 8월 31일**

지은이 **표도르 도스토예프스키**
옮긴이 **진형준**
펴낸이 **심만수**
펴낸곳 **(주)살림출판사**
출판등록 **1989년 11월 1일 제9-210호**

주소 **경기도 파주시 광인사길 30**
전화 **031-955-1350** 팩스 **031-624-1356**
홈페이지 **http://www.sallimbooks.com**
이메일 **book@sallimbooks.com**

ISBN 978-89-522-4232-7 04800
978-89-522-3986-0 04800 (세트)

※ 값은 뒤표지에 있습니다.
※ 잘못 만들어진 책은 구입하신 서점에서 바꾸어 드립니다.

이 도서의 국립중앙도서관 출판시도서목록(CIP)은 서지정보유통지원시스템 홈페이지(http://seoji.nl.go.kr)와 국가자료공동목록시스템(http://www.nl.go.kr/kolisnet)에서 이용하실 수 있습니다.(CIP제어번호: CIP2020030649)

책임편집 **최정원**